O PEREGRINO

Copyright da tradução e desta edição © 2025 by Edipro Edições Profissionais Ltda.

Título original: *The Pilgrim's Progress*. Publicado pela primeira vez em Londres, Inglaterra, em 1678, por Nathaniel Ponder. Traduzido com base na 1ª edição.

Todos os direitos reservados. Nenhuma parte deste livro poderá ser reproduzida ou transmitida de qualquer forma ou por quaisquer meios, eletrônicos ou mecânicos, incluindo fotocópia, gravação ou qualquer sistema de armazenamento e recuperação de informações, sem permissão por escrito do editor.

Grafia conforme o novo Acordo Ortográfico da Língua Portuguesa.

1ª edição, 2025.

Editores: Jair Lot Vieira e Maíra Lot Vieira Micales
Coordenação editorial: Karine Moreto de Almeida
Produção editorial: Richard Sanches
Edição de textos: Marta Almeida de Sá
Assistente editorial: Thiago Santos
Preparação de textos: Thiago de Christo
Revisão: Aline Canejo
Diagramação: Mioloteca
Tratamento de imagens: Aniele de Macedo Estevo
Capa: Marcela Badolatto

Dados Internacionais de Catalogação na Publicação (CIP)
(Câmara Brasileira do Livro, SP, Brasil)

Bunyan, John, 1628-1688.

    O peregrino : a jornada do peregrino : à semelhança de um sonho / John Bunyan ; tradução Edson Bini ; prefácio Jonas Madureira. — São Paulo : Edipro, 2025. — (Peregrino)

    Título original: *The Pilgrim's Progress*

    ISBN 978-65-5660-176-2 (impresso)
    ISBN 978-65-5660-177-9 (e-pub)

    1. Ficção cristã 2. Peregrinos e peregrinações - Ficção I. Madureira, Jonas. II. Título. III. Série.

25-256164   CDD-823

Índice para catálogo sistemático:
1. Ficção cristã : Literatura inglesa 823

Eliane de Freitas Leite - Bibliotecária - CRB 8/8415

São Paulo: (11) 3107-7050 • Bauru: (14) 3234-4121
www.edipro.com.br • edipro@edipro.com.br
@editoraedipro   @editoraedipro

O livro é a porta que se abre para a realização do homem.
Jair Lot Vieira

John Bunyan

O PEREGRINO

A jornada do peregrino — À semelhança de um sonho

Prefácio
Jonas Madureira
Bacharel em Teologia pela Universidade Presbiteriana Mackenzie, bacharel em Filosofia pela PUC-SP, mestre e doutor em Filosofia pela USP com estágio sanduíche na Universidade de Colônia (Alemanha), professor de Filosofia na Universidade Presbiteriana Mackenzie.

Tradução
Edson Bini
Tradutor há mais de quarenta anos, estudou Filosofia na Faculdade de Filosofia, Letras e Ciências Humanas da USP. Fez diversas traduções na área de Filosofia para a Martins Fontes e a Loyola, entre outras editoras.

PREFÁCIO DA NOSSA EDIÇÃO

No auge do "século das revoluções", como diria o historiador Christopher Hill, o cenário político da Inglaterra era inóspito, especialmente para aqueles que buscavam salvação por meios que não fossem políticos. Nesse ambiente tumultuado, grandes figuras literárias como John Milton (1608-1674) e John Bunyan (1628-1688) sofreram na própria pele ao decidirem ir contra a redução de tudo à política. Enquanto Milton, com sua poética elevada e solene, protestava contra o embrutecimento da inteligência diante dos agenciamentos políticos, Bunyan escolheu uma abordagem mais acessível, empregando uma prosa coloquial que ressoava profundamente entre artesãos, camponeses e mercadores. Ambos, no entanto, compartilhavam uma aspiração comum: encontrar uma liberdade interior, um "paraíso" (Milton) ou uma "cidade" (Bunyan) onde a consciência e a fé não encontrassem resistência. Bunyan, em especial, lutou contra todos os eruditos que insistiam em afirmar que leigos e artesãos deveriam voltar às suas tarefas manuais e deixar a literatura, a teologia e a religião apenas para o clero.

Mas quem foi John Bunyan?

Nascido em 1628, em uma Inglaterra fragmentada por conflitos político-religiosos, Bunyan cresceu em um ambiente muito simples e de poucos recursos. Iniciou sua jornada como latoeiro. Contudo, aos 16 anos, foi atraído para o turbilhão da Guerra Civil Inglesa, chegando a se alistar no exército parlamentarista, que se opunha ao rei Carlos I. Esse período de intensos conflitos, além de moldar suas convicções políticas, o expôs a questões religiosas que, mais tarde, se tornariam centrais em sua vida e em sua obra. Após a guerra, Bunyan enfrentou uma intensa luta espiritual. Atormentado por dúvidas e pela culpa diante da constatação da vileza do seu coração, ele embarcou em um processo de conversão e apropriação da fé que durou anos. Por fim, em 1653, experimentou uma dramática transformação ao se converter ao cristianismo, um evento que reorientou completamente sua vida.

A partir desse momento, assim como acontecera com o "homem ridículo" de Dostoiévski, Bunyan se tornou um pregador. Para ser mais exato, um pregador "não conformista". Nessa época, havia na Igreja Anglicana uma polêmica que separava pregadores conformistas dos não conformistas. Os conformistas aceitavam a autoridade do monarca como chefe da Igreja da Inglaterra e aderiam ao Livro de Oração Comum, que regulava as práticas litúrgicas e as cerimônias religiosas. Os não conformistas, por sua vez, eram considerados dissidentes, pois rejeitavam a autoridade do monarca sobre a Igreja Anglicana e não concordavam com a imposição de um culto uniforme. Esses dissidentes englobavam várias denominações protestantes, como batistas, presbiterianos, congregacionais e outros grupos que almejavam maior liberdade religiosa e a reforma das práticas anglicanas, que eles consideravam inadequadas.

A escolha da resistência à amálgama entre o "poder das chaves" (Igreja) e o "poder da espada" (monarca) colocou Bunyan em sérios apuros durante a restauração da monarquia em 1660. Com a ascensão de Carlos II ao trono, o governo intensificou a repressão contra os não conformistas. Uma das demonstrações dessa repressão foi a cassação da licença dos pregadores dissidentes. Resumo da ópera: mesmo sem licença, Bunyan continuou a pregar e, por isso, foi preso e condenado a doze anos de prisão em Bedford. Foi durante esses anos de encarceramento que ele escreveu *O peregrino*. Inspirado tanto por sua própria jornada espiritual quanto pelas dificuldades enfrentadas por outros cristãos que sofriam perseguição, Bunyan transformou sua experiência em uma obra literária que transcende um simples conto alegórico.

Embora tenha começado a escrever o livro no final da década de 1660, ele só foi publicado em 1678. Essa demora bastante incomum para Bunyan, que normalmente trabalhava em um ritmo acelerado e frenético, indica o cuidado que ele teve com a obra e a preocupação com sua recepção. Alguns amigos, inclusive, o aconselharam a não publicar, temendo a reação negativa tanto de inimigos quanto de amigos que poderiam achar o uso da alegoria inadequado. Entretanto, Bunyan decidiu corajosamente seguir em frente, acreditando na importância de sua mensagem. Quando, enfim, submeteu a obra ao editor Nathaniel Ponder, a publicação e o impacto da publicação foram quase imediatos. Apesar das dificuldades financeiras e da "pirataria" editorial que reduziu os ganhos de Bunyan e Ponder, *O peregrino* causou um grande alvoroço e se tornou um sucesso estrondoso, com várias edições publicadas rapidamente. Apesar de ter aproveitado muito pouco dos ganhos financeiros decorrentes do sucesso da obra, ele acreditava que sua verdadeira riqueza estava tão somente na Cidade Celestial.

Em outras palavras, *O peregrino* é uma declaração poderosa sobre onde se encontra a verdadeira salvação. No auge de um período marcado por revoluções políticas e sociais, Bunyan descobriu que a salvação não poderia ser alcançada por meio da política ou de qualquer sistema humano. Em vez disso, ele encontrou redenção e liberdade em uma fé inabalável, ancorada na peregrinação espiritual rumo a um destino celestial. Em um episódio bastante tocante da obra, o protagonista está sobrecarregado e fatigado por conta de um imenso fardo que carregava em suas costas. De longe, ele avista, no cume de um monte, uma cruz e, no sopé, um sepulcro. Ao subir e aproximar-se da cruz, de imediato, o fardo se desprende de suas costas e se precipita monte abaixo, rolando até o sepulcro. Ali, o peregrino permaneceu horas a fio, contemplando e admirando-se com o fato de que a visão da cruz havia removido o seu fardo.

Essa convicção torna *O peregrino* uma obra atemporal, que não apenas cativa o leitor com sua narrativa envolvente como também oferece uma profunda meditação sobre a vida e os seus fardos, enfatizando que, independentemente das circunstâncias externas, o que realmente vale a pena está além do alcance das vicissitudes humanas. Em sua busca por uma "cidade" onde a consciência e a liberdade reinem sem obstáculos, Bunyan enfatiza que a jornada espiritual é, em última análise, uma viagem interior — uma peregrinação para além do ordinário, na qual a verdadeira redenção e a paz podem ser encontradas. Ainda hoje, *O peregrino* continua a ressoar porque observa essa busca universal do ser humano, oferecendo, por um lado, um caminho de resistência contra as adversidades deste mundo, por outro, uma rota clara para a verdadeira "salvação da pátria", longe das incertezas políticas e das disputas terrenas.

Depois de uma longa jornada de autoconhecimento e redenção, Bunyan encontrou descanso não nas revoluções e nas guerras civis, mas na certeza de uma fé capaz de transcender todas as adversidades da vida. Em Londres, em 31 de agosto de 1688, Bunyan adoeceu logo após uma longa e cansativa viagem a cavalo. Uma tempestade o alcançou no caminho de Reading a Londres. Em decorrência disso, ele contraiu uma febre fatal. Morreu aos 59 anos e foi sepultado no cemitério de Bunhill Fields, em Londres. Para seus amigos e leitores de todos os tempos, o significado da sua morte não poderia ser outro senão o do instante em que o próprio peregrino cruzou o rio da morte e todas as trombetas soaram do outro lado como um sinal de boas-vindas.

APOLOGIA DO AUTOR
A FAVOR DE SEU LIVRO[1]

Quando pela primeira vez a pena tomei,
com o intuito de escrever, não compreendi
que devesse em absoluto compor um pequeno livro
de tal modo. Não, eu me empenhei
em compor um outro, o qual, quando prestes a estar terminado,
antes que eu estivesse ciente, eu este comecei.
    E assim foi: ao escrever sobre a conduta
e a estirpe dos santos neste nosso dia do Evangelho,
caí repentinamente numa alegoria
a respeito da jornada deles, e no caminho rumo à Glória,
isto em mais de vinte coisas por mim registradas.
    Realizada essa tarefa, mais vinte tinha eu em minha cabeça,
e voltaram a se multiplicar,
como centelhas arremessadas pelos carvões em brasa de uma fogueira.
    Não, então pensei eu, se vossa reprodução tão célere é,
eu colocarei a vós próprias de lado com receio de que finalmente

---

[1]. Bunyan escreve aqui em forma poética, inclusive se utilizando de rima. Optei, por conta das claras diferenças entre o inglês e o português que poderiam determinar certa rigidez indesejável para o texto, não tentar a rima em nosso vernáculo. (N.T.)

vos proveis *ad infinitum* e aniquileis
o livro do qual já me ocupo.

    Bem, assim eu fiz; todavia, não pensava
em exibir ao mundo inteiro minha pena e minha tinta
de tal modo; só pensei em fazer o que desconhecia;
tampouco realmente empreendi
por meio disso agradar meu próximo; não, não eu;
eu o fiz para satisfazer a mim mesmo.

    Nem despendi apenas períodos ociosos
nestes meus rabiscos; nem pretendi
tão só desviar-me, ao fazer isso,
de pensamentos piores que me levam a agir de forma imprópria.

    Assim, apliquei a pena ao papel com prazer,
e, sem tardar, tinha meus pensamentos em forma escrita.
Pois, tendo agora meu método finalizado,
ainda assim, à medida que eu trabalhava, ele respondia, de maneira
que escrevi até que, por fim, a obra veio a ser, assumindo
em extensão e amplitude a grande dimensão que contemplais.

    Bem, uma vez assim expostos e entrelaçados os meus propósitos,
mostrei-os a outras pessoas, para que pudesse apurar se
os condenariam ou os justificariam.

    E algumas declararam que vivessem, enquanto outras, que morressem.
Algumas disseram "John, publica!", ao passo que outras disseram: "Não publiques!".

    Algumas disseram que poderia ser benéfico, enquanto outras, que não.

    Nesse momento, eu estava num dilema, e não vislumbrava
a melhor decisão que pudesse tomar.

    Por fim, pensei: como estais, dessa forma, divididos,
publicarei. E assim foi decidido.

    Pois, pensei eu, algumas pessoas o querem publicado,
embora outras não caminhem por essa via.

    Visando a provar, então, qual o melhor aconselhamento,
considerei adequado submeter o trabalho a um teste.

Pensei, ademais, que, se agora realmente negasse satisfazer
aos que queriam a sua publicação,
eu não sabia, mas poderia privá-los
daquilo que para eles um grande prazer seria.
Para aqueles que não eram a favor de sua publicação,
eu disse: oponho-me a ofender-vos.
Todavia, como isso seria do agrado de vossos irmãos,
abstende-vos de julgar até mais tarde o veres.
Se isso não vieres a ler, tudo bem!
Alguns gostam da carne, outros gostam de roer os ossos.
Sim, podendo eu provê-los de um melhor alívio,
que possa também contestá-los.
Não posso escrever num estilo como este?
Também segundo um tal método e, ainda, com isso, não falhar
no meu propósito, que é teu bem? Por que não pode ser feito?
Nuvens escuras trazem chuva, ao passo que as claras, nenhuma.
Sim, escuras ou claras, se suas gotas prateadas,
ao se precipitarem sobre a terra, produzem colheitas,
que umas e outras sejam louvadas e nenhuma censura a elas seja dirigida,
mas que o fruto que juntas produzem seja objeto de grande apreço.
Sim, a tal ponto se misturam que, no seu fruto da terra,
nenhuma distinção é possível, a ela servindo bem
quando está faminta; mas, se está saciada,
cospe fora ambas e torna nulas suas bênçãos.
Vês as maneiras às quais o pescador recorre
para apanhar o peixe; quais os meios de que se serve?
Observa como emprega todas as suas habilidades,
também suas armadilhas, linhas, anzóis, laços e redes.
Contudo, peixes há que nem laço, nem linha,
nem armadilha, nem rede, nem engenho pode tornar teus.
Têm que ser procurados às apalpadelas e, inclusive, titilados,
ou não serão apanhados, não importa o que fizeres.
Como procura apanhar sua caça o caçador de aves selvagens

por diversos meios que, na sua totalidade, não se consegue nomear?
Sua arma, suas redes, suas varas enviscadas, luz e sino:
ele rasteja, ele caminha, ele se levanta. Sim! Quem é capaz de informar
sobre todas as suas posturas. Entretanto, nenhuma delas
fará dele o senhor das aves selvagens que o agradam.
Sim, ele tem que piar e assobiar para apanhar,
e, no entanto, se ele agir assim, aquela ave perderá.

    Se é possível que uma pérola habite a cabeça de um sapo,
e que possa ser encontrada também numa concha de ostra;
se coisas que nada prometem contêm realmente
o que é melhor do que o ouro, quem desprezará
(que alimente uma suspeita a respeito) olhar ali
com a possibilidade de encontrá-lo. Ora, meu pequeno livro
(embora destituído de todas aquelas pinturas que poderiam
fazer com que este ou outro homem o acolhesse)
não é destituído daquelas coisas que realmente superam
o que fazem em noções admiráveis, mas que se estendem em noções vãs.

    Bem, ainda assim, não estou completamente convencido de
que este teu livro resistirá quando for cabalmente testado.
    Por que, qual é o problema? É obscuro. E o que importa?
Mas é dissimulado. Em que terreno estou pisando?
    Disfarçando palavras tão obscuras quanto as minhas, alguns homens
fazem a verdade reluzir e seus raios brilhar.
    Mas eles querem solidez: fala, homem, o que pensas!
Eles afogaram os fracos; metáforas nos tornam cegos.
    Realmente a firmeza torna-se a pena
daquele que escreve coisas divinas para os seres humanos.
Mas devo eu necessitar querer solidez por
falar por meio de metáforas? Não foram as Leis de Deus,
Suas Leis nos Evangelhos na Antiguidade, expressas longa e ostensivamente
por meio de símbolos, indicações imprecisas e metáforas?
Entretanto, qualquer homem sensato relutará em encontrar defeito
nelas, receoso de que considerem que esteja ele atacando

a Sabedoria suprema. Não, ele prefere curvar-se a isso,
e procura descobrir o que Deus lhe diz por meio de palavras
como cavilhas e laços,
novilhas e ovelhas, bezerros e carneiros;
aves e ervas, e pelo sangue dos cordeiros. E feliz aquele
que descobre a luz e a graça nelas encerradas.
  Portanto, não te apresses em concluir
que desejo solidez, que sou rude.
Todas as coisas de aparência sólida não são sólidas;
todas as coisas em parábolas, não as desprezemos,
com receio de não recebermos com leveza as coisas mais dolorosas,
e as coisas que são boas, delas privarmos nossas almas.
  Minhas palavras obscuras e nebulosas, tudo que fazem é encerrar
a verdade como cofres encerram o ouro.
  Os profetas recorriam muito a metáforas
para proclamar a verdade.
  Com efeito, quem, desse modo, considera
Cristo, inclusive seus apóstolos, perceberá claramente
que até hoje as verdades, assim, estão disfarçadas.
  Receio dizer que as sagradas Escrituras,
que, por seu estilo e sua fraseologia, registram todo o entendimento,
estão em toda parte tão repletas de todas essas coisas
(imagens obscuras, alegorias) e, no entanto, desse mesmo Livro
emergem aquele brilho e aqueles raios
de luz que nossas noites mais escuras em dias transformam.
  Vem e deixa o meu crítico sua vida agora contemplar
e nela encontrar situações mais obscuras do que em meu livro
possa encontrar. Sim, e que ele saiba
que nos melhores fatos de sua vida também há situações que são piores.
  Que possamos somente diante de homens imparciais estar;
para um precário um que meu crítico representa, ousei arriscar dez
que compreenderão o que nestas linhas quero dizer
muito melhor do que suas mentiras em santuários de prata.

Vem, Verdade, ainda que eu te encontre envolvida em faixas,
és tu que do Juízo dá notícia, a mente corrige,
o entendimento agrada, a vontade submete;
também a memória realmente preenche
com aquilo que a nossa imaginação efetivamente agrada;
e igualmente tende a nossos problemas abrandar.
    Sei que Timóteo[2] costumava empregar linguagem literal
e rejeitar contos supersticiosos;
no entanto, o circunspecto Paulo, nele, em nenhum lugar é
proibido o emprego de parábolas; nele estão ocultos
aquele ouro, aquelas pérolas e as gemas preciosas, que mereciam
ser extraídos, e isso com o maior cuidado.
    Permite-me, oh, homem de Deus, mais uma palavra acrescentar!
Estás ofendido? Desejarias que eu tivesse
apresentado meu assunto sob outros trajes,
ou que, quanto às coisas, fosse mais explícito?
Que me permitam três coisas propor, e então me submeterei
aos que são meus superiores, como é adequado.
    1. Não considero que a mim seja negado o uso
desse meu método, pois não abuso
das palavras, das coisas, dos leitores, nem me mostro rude
no manejo das figuras ou das similitudes
ao aplicá-las. Mas tudo que posso —
buscar a promoção da verdade, deste ou daquele modo —
é negado, eu o diria? Não, tenho a permissão
(exemplo também, e isso daqueles que
melhor agradaram a Deus pelas suas palavras e maneiras
do que qualquer homem que respira atualmente),
assim, de expressar o que penso, assim, de declarar
coisas a ti que sumamente são excelentes.

---

2. Discípulo, companheiro e colaborador de Saulo de Tarso (São Paulo) em sua divulgação e sua organização do cristianismo. As Cartas (Epístolas) de Paulo dirigidas a Timóteo figuram no Novo Testamento da Bíblia. (N.T.)

2. Considero que homens (tão elevados quanto árvores) escreverão
em forma de diálogo e, no entanto, nenhuma pessoa os desdenhará
por assim escrever: realmente, se abusarem
da verdade, que sejam amaldiçoados junto à arte que usam
para atingir essa meta. Todavia, que a verdade seja livre para
fazer suas arremetidas sobre ti e sobre mim
da maneira que a Deus agradar. Pois quem sabe
melhor que Ele, que nos ensinou, a princípio, a arar,
como guiar nossa mente e nossas penas a favor de Seus desígnios?
Ele que faz as coisas vis prenunciarem o divino.

3. Descubro que as Escrituras Sagradas em muitos lugares
se assemelham a este método, em que os casos
realmente requerem algo para mostrar outra coisa.
Por isso, eu posso empregá-lo e, entretanto, nada extingue
da verdade os raios dourados. Não, mediante esse método,
seus raios, tão luminosos quanto o dia, pode esta arremessar.
E agora, antes de pôr de lado minha pena,
mostrarei o proveito de meu livro, e então
submeterei tanto a ti quanto a ele aquela mão
que puxa os fortes para baixo e põe os fracos em pé.

Este livro diante de teus olhos expõe
o homem que busca a recompensa eterna;
mostra a ti de onde vem ele e para onde vai,
o que deixa irrealizado e também o que realiza;
também mostra a ti sua corrida incansável;
ele executa até alcançar o portal da glória.

Mostra também aqueles que depressa partem para a vida,
como se fossem obter a coroa duradoura.
Aqui também poderás ver a razão pela qual
se frustram em seu esforço e, como tolos, efetivamente morrem.

Este livro fará de ti um viajante,
se por seu aconselhamento fores regido.
Ele te conduzirá à Terra Santa,

se suas orientações entenderes.
Sim, ele transformará o indolente em alguém diligente
e também fará o cego ver coisas encantadoras.
    Tu estás à procura de algo raro e proveitoso?
Desejarias ver uma verdade encerrada numa fábula?
A ti falta memória? Desejarias se lembrar
do dia do Ano-Novo até o último de dezembro?
Então, lê minhas fantasias, as quais como carrapicho irão aderir
e podem ser consoladoras para os desamparados.
    Este livro é escrito num dialeto
suscetível de afetar mentes de pessoas apáticas;
parece uma novidade e, no entanto, tudo o que contém
são esforços evangélicos saudáveis e honestos.
    Desejarias afastar-te da melancolia?
Desejarias ser prazenteiro e, ainda assim, estar longe da loucura?
Desejarias encontrar enigmas e desvendar seus significados?
Ou, então, em tua contemplação, ser contido?
Adoras disputar? Ou desejarias ver
um homem nas nuvens e ouvi-lo falar a ti?
Desejarias estar em um sonho, mas não adormecido?
Ou desejarias, num momento, rir e chorar?
Desejarias a ti mesmo perder e não ser vítima de nenhum dano?
E a ti mesmo encontrar de novo sem um encantamento?
Desejarias a ti mesmo interpretar e interpretar o que não sabes
e, todavia, descobrir se és abençoado ou não
lendo estas mesmas linhas? Nesse caso, vem aqui
e juntos meu livro, tua cabeça e teu coração entregam.

John Bunyan

ENQUANTO DORMIA, TIVE UM SONHO.

A JORNADA DO PEREGRINO — À SEMELHANÇA DE UM SONHO

Certa vez, quando caminhava por regiões desertas deste mundo, encontrei-me onde havia uma caverna e ali me deitei para dormir; e, enquanto dormia, tive um sonho. Sonhava e, veja só! Vi um homem vestido com farrapos, em pé, num determinado lugar, com o rosto voltado para a direção contrária à sua casa; ele tinha um livro em uma das mãos e um grande fardo sobre as costas. Vi que abriu o livro e começou a lê-lo e, conforme prosseguia na leitura, chorava e tremia, até que, incapaz de continuar se contendo, irrompeu num grito de lamento: "O que eu deverei fazer?".

Foi assim, nessa condição, que se dirigiu à sua casa e escondeu o quanto pôde, da esposa e dos filhos, a sua aflição. Contudo, o aumento de sua angústia o tornou incapaz de permanecer calado por muito tempo, então, por fim, ele desabafou com a mulher e os filhos, dirigindo-se a eles com estas palavras: "Oh, minha cara esposa", disse, "e vocês, filhos do meu âmago, eu, seu caro amigo, estou arrasado por causa de um fardo que pesa sobre meus ombros; além disso, sei, com certeza, que esta nossa cidade será incendiada por um fogo proveniente do céu, e nessa destruição pavorosa tanto eu quanto você, minha esposa, e vocês, minhas doces criancinhas, pereceremos miseravelmente, a não ser que se possa encontrar algum meio de fuga — no entanto, não sei como — pelo qual possamos ser salvos!". Ao ouvirem isso, seus parentes ficaram extremamente assombrados, não por acreditarem que o que ele dissera a eles fosse verdade, mas porque pensaram que sua cabeça tivesse sido invadida por alguma perturbação mental. Assim, como a noite já se aproximava, e na esperança de que o sono pudesse curar a sua mente, a família apressou-se a colocá-lo na cama; entretanto, a noite foi para ele tão problemática quanto o dia, pois, em vez de dormir, ele passou a noite a suspirar e chorar. Então, ao amanhecer, quando lhe perguntaram como estava, ele disse que estava cada vez pior. Pôs-se, inclusive, a pregar de novo, mas eles começaram a endurecer com ele; pensaram, até mesmo, em afugentar sua perturbação o tratando de maneira severa e áspera: por vezes, caçoaram dele; outras vezes, o repreenderam e, algumas vezes, o negligenciaram por completo, por isso ele começou a retirar-se para seu quarto a fim de orar e se compadecer deles, e também para condoer-se de sua própria infelicidade. A isso acrescentou suas caminhadas solitárias nos campos, às vezes, lendo e, às vezes, orando, e desse modo passou seu tempo por alguns dias.

Notei que, enquanto caminhava pelos campos e lia (como de costume) seu livro, permanecia mentalmente preso a uma grande angústia; e, à medida que avançava, acabava por irromper, mais uma vez, num lamento entristecido: "O que devo fazer para ser salvo?".

Também percebi que observava ora um caminho, ora outro, como se estivesse pronto para correr a qualquer instante. No entanto, mantinha-se imóvel, parado; percebi o que era, ele não sabia qual caminho escolher. Reparei, então, que um homem se aproximou, se chamava Evangelista, e este se dirigiu a ele com a seguinte pergunta: "Por que motivo se lamenta?". E ele respondeu: "Senhor, eu entendi, por intermédio deste livro em minhas mãos, que estou condenado a morrer, e só depois disso é que serei julgado. Acho que não quero a primeira coisa nem sou capaz de enfrentar a segunda!".

Então, Evangelista disse: "Por que não quer morrer, se esta vida está repleta de tantos males?". O homem respondeu: "Porque receio que este fardo que carrego em minhas costas acabará por me afundar abaixo do túmulo, então, vou cair na Tofet.[3] E, senhor, se não estou preparado para ser aprisionado, também não estou — disso, estou certo — para ser julgado e, por consequência, executado. Pensar nessas coisas me leva ao desespero!".

O AUMENTO DE SUA ANGÚSTIA O TORNOU INCAPAZ DE PERMANECER CALADO POR MUITO TEMPO, ENTÃO, POR FIM, ELE DESABAFOU COM A MULHER E OS FILHOS.

---

3. A referência é ao local onde eram realizados sacrifícios humanos (geralmente, de crianças) ao deus Moloc, divindade cultuada pelos amonitas e pelos antigos fenícios. As vítimas eram queimadas (*tophet*). (N.T.)

Evangelista fez outra pergunta: "Se esse é o seu estado, por que permanece inativo?". Ao que o homem respondeu: "Porque não sei para onde ir!". Então, Evangelista entregou a ele um pergaminho no qual se lia: "Foge da ira que está por vir!".

O homem, então, leu e, fitando Evangelista com muito interesse, perguntou: "Para onde devo fugir?". E Evangelista, apontando o dedo para um campo bem vasto, respondeu: "Vê acolá aquela porta estreita?". O homem disse que não via. Então, Evangelista perguntou: "Vê ali aquela luz brilhante?". "Acho que sim..." foi a resposta. Nesse momento, Evangelista o orientou: "Concentre os olhos naquela luz e suba... Daquele lugar, poderá ver a porta. Quando nela bater, lhe será dito o que deverá fazer!".

Assim, em meu sonho, vi que o homem iniciou a corrida, mas mal havia corrido o suficiente para afastar-se da porta de sua casa, e os filhos e a esposa começaram a gritar e a chorar, pedindo que voltasse. O homem tapou os ouvidos com os dedos e continuou correndo a bradar "Vida, vida, vida eterna!", sem olhar para trás. Fugiu, dirigindo-se ao meio da planície.

Os vizinhos também saíram de suas casas para assistir à corrida, e, enquanto ele passava por eles, alguns zombavam, outros o ameaçavam e alguns lhe gritavam, pedindo para que retornasse. E entre os que concorriam para o seu retorno houve dois que resolveram trazê-lo de volta à força; o nome de um deles era Obstinado, e o outro se chamava Tolerante. Ora, a essa altura, o homem já havia se distanciado muito deles; entretanto, estavam tão determinados a persegui-lo que não demorou até que o alcançassem. Então, ele dirigiu a palavra a seus perseguidores: "Vizinhos, por que vieram atrás de mim?". E eles responderam: "Para convencê-lo a voltar conosco!". Porém, ele retrucou: "Isso é impossível, pois vocês habitam a Cidade da Destruição — o lugar onde eu também nasci —, assim eu o vejo, e, aqui morrendo, mais cedo ou mais tarde, vocês descerão abaixo do túmulo para um lugar ardente com chamas e enxofre. Alegrem-se, bons vizinhos, e me acompanhem!".

"O quê!?", Obstinado exclamou. "E deixar nossos amigos e o conforto?"

"Sim", disse Cristão (esse era o nome do homem), "porque tudo isso não merece ser comparado a um pouco daquilo que procuro usufruir, e se me acompanharem e se vocês se mantiverem firmes, estarão na mesma situação que eu, pois lá para onde vou há o suficiente e, inclusive, uma reserva. Venham comigo, a fim de comprovar minhas palavras!".

Obstinado: "Quais são as coisas que procura, uma vez que abandona o mundo todo para encontrá-las?"

Cristão: "Procuro uma herança incorruptível, imaculada, e que não desvanece, e ela se encontra no céu, onde está segura para ser concedida no tempo destinado aos que a buscam de forma diligente. Pode ler isso, se quiser, em meu livro!"

Obstinado: "Ora, deixe de lado este seu livro! Vai voltar conosco ou não?"

Cristão: "Não, eu não, porque coloquei minha mão no arado."[4]

Obstinado: "Venha, então, vizinho Tolerante, vamos dar meia-volta e retornar para casa sem ele. Há uma turma desses indivíduos afetados e malucos que, quando metem uma fantasia na cabeça, sentem-se mais sábios do que sete homens capazes de fornecer uma razão."

Tolerante: "Não o insulte. Se o que o bom Cristão diz é verdadeiro, as coisas que ele busca são melhores do que as coisas que almejamos. Então, meu coração tende a acompanhar este meu vizinho."

Obstinado: "O quê?! Aumentou ainda mais o cortejo dos malucos? Permita-se ser dirigido por mim e volte. Quem sabe para onde este louco o conduzirá? Volte, volte e tenha juízo!"

Cristão: "Pelo contrário, me acompanhe, vizinho Tolerante. Há essas dádivas das quais falei, que podemos alcançar, e, além disso, muitas outras glórias. Se não acredita em mim, leia aqui neste livro e verá que a verdade de tudo que nele é expresso é confirmada pelo sangue de quem o escreveu."

Tolerante: "Bem, vizinho Obstinado, estou na iminência de uma decisão. Pretendo acompanhar este bom homem e tentar a sorte com ele. Mas, meu bom companheiro,[5] conheces o caminho para esse lugar almejado?"

---

4. O Cristão se servirá, com frequência, da linguagem bíblica, sobretudo, é evidente, da linguagem do Novo Testamento, onde estão contidos os Evangelhos. Bunyan estabelece a partir daqui um paralelismo com os Evangelhos, do que é exemplo este caso (Evangelho de Lucas, 9, 62). O que o Cristão quer dizer é que já tomou uma decisão irreversível. (N.T.)
5. O Tolerante dirige agora a palavra ao Cristão. (N.T.)

Cristão: "Sou orientado por um homem cujo nome é Evangelista. Devo dirigir-me logo para uma porta estreita que está diante de nós, que é onde receberemos instruções sobre o caminho."

Tolerante: "Vamos, então, bom vizinho, caminhemos..." E assim foram, ambos, juntos.

Obstinado: "Voltarei para minha casa. Não vou ser companheiro de tais indivíduos, desencaminhados pela fantasia."

Em seguida, vi em meu sonho que, depois de se despedirem de Obstinado, Cristão e Tolerante se puseram a conversar ao andar pela planície, iniciando, como se segue, um diálogo.

Cristão: "Bem, vizinho Tolerante, como se sente? Estou feliz por tê-lo convencido a acompanhar-me, e se o próprio Obstinado tivesse experimentado o que experimentei dos poderes e terrores daquilo que permanece ainda invisível, não teria nos dado as costas assim, com tanta facilidade."

Tolerante: "Bem, vizinho Cristão, considerando que estamos apenas nós dois aqui, me dê mais informações sobre o que são essas coisas e me diga como usufruiremos delas no lugar para onde estamos indo."

Cristão: "Sou capaz de concebê-las melhor com minha mente do que falar delas com minha língua. No entanto, uma vez que está desejoso de saber, lerei um tópico em meu livro a respeito delas."

Tolerante: "E você pensa que as palavras contidas no seu livro são, com certeza, verdadeiras?"

Cristão: "Decerto que sim, pois ele foi composto por alguém que não pode mentir."

Tolerante: "Disse bem. E que coisas são essas?"

Cristão: "Há um reino eterno no qual podemos morar e uma vida eterna a ser concedida a nós; assim, poderemos habitar esse reino para sempre."

Tolerante: "Muito bem. E o que mais?"

Cristão: "Coroas de glória estarão disponíveis para nós e vestes que nos farão brilhar como o sol no firmamento do céu."

Tolerante: "Isso é excelente. E o que mais?"

Cristão: "Não haverá mais pranto nem dor, pois o proprietário do lugar enxugará todas as lágrimas de nossos olhos."

Tolerante: "E que companhia teremos lá?"

Cristão: "Lá estaremos na companhia de serafins e querubins; ao contemplar essas criaturas, seus olhos serão ofuscados. Também encontraremos milhares e dezenas de milhares de seres que foram para aquele lugar antes de nós. Nenhum deles prejudica ninguém, pois todos estão imbuídos de amor e santidade; todos caminham à vista de Deus e se mantêm em sua presença numa postura de aceitação perene. Em resumo, veremos nesse lugar os anciãos com suas coroas douradas; lá veremos as virgens santas com suas harpas douradas; veremos homens que no mundo foram despedaçados, queimados em meio às chamas, devorados por feras, afogados nos mares em virtude do amor que sentiam pelo senhor do lugar, todos bem e vestidos com a imortalidade como se esta fosse uma roupa."

Tolerante: "Ouvir tudo isso já basta para arrebatar o coração de alguém. Mas essas coisas podem ser usufruídas, mesmo? Como conseguiremos compartilhar de tudo isso?"

Cristão: "O senhor, o governador dessa terra, registrou isso neste livro, e a sua substância, se estivermos verdadeiramente desejosos de possuí-la, ele nos concederá de graça."

Tolerante: "Bem, meu bom companheiro, fico feliz em ouvir essas coisas. Vamos! Aceleremos nossos passos."

Cristão: "Não posso ir tão depressa quanto gostaria por causa desse fardo que levo nas costas."

Ora, vi em meu sonho que, ao encerrarem essa conversa, aproximaram-se de um pântano muito lamacento situado no meio da planície, e eles, por desatenção, caíram de imediato no lamaçal. O nome do pântano era Desalento.[6] Então, eles chafurdaram ali por algum tempo, ficaram sujos e enlameados, e Cristão, por causa do fardo que levava nas costas, começou a afundar na lama.

Tolerante: "Ah, vizinho Cristão, onde está você agora?"

---

6. No original, "*despond*", que também pode ser "desespero"; na verdade, um misto de aflição e falta de esperança. A alusão é ao Vale das Lágrimas (*slough of despond*). (N.T.)

Cristão: "Para dizer a verdade, eu não sei!"

Diante dessa resposta, Tolerante ficou desgostoso e, então, irado, disse ao seu camarada: "É esta a felicidade de que me falava todo o tempo? Se mal nos pusemos a caminho e já experimentamos este horrível aborrecimento, o que podemos esperar acontecer entre isso e o fim de nossa viagem? Se eu conseguir sobreviver, por mim, poderás tomar posse desse admirável reino só para ti!". E então, debatendo-se e fazendo um grande esforço, desesperado, ele saiu da lama daquele lado do pântano que era próximo de sua casa e afastou-se. Cristão não o viu mais.

Portanto, Cristão foi abandonado no Pântano do Desalento,[7] onde teve que se virar sozinho. Contudo, fazendo um grande esforço, conseguiu chegar a um lado do pântano que ainda ficava longe de sua casa e era mais próximo da pequena porta estreita. Todavia, embora tenha conseguido alcançar essa parte, não pôde sair do pântano por causa do fardo que tinha nas costas. Então, vi em meu sonho que um homem, cujo nome era Socorro, veio até ele e lhe perguntou o que fazia ali.

Cristão: "Senhor, fui conduzido a este caminho por um homem chamado Evangelista, que me orientou para que eu andasse até chegar àquela porta lá adiante, para que, então, eu pudesse escapar da ira iminente. Porém, quando eu vinha por este caminho, caí aqui."

Socorro: "Mas por que não procurou os degraus?"

Cristão: "Fui a tal ponto dominado pelo medo que fugi pelo caminho mais próximo e caí."

Socorro: "Venha! Dê-me sua mão!"

Assim, Cristão estendeu sua mão e Socorro o tirou do pântano, colocando-o em seguida sobre solo firme e o instruindo a seguir seu caminho.

Então, eu me dirigi a este que o havia tirado do pântano e perguntei: "Senhor, visto que neste lugar está o caminho da Cidade da Destruição para aquela porta acolá, por que este trecho não é reparado, de maneira que os pobres viajantes possam ir para lá com mais segurança?". Sua resposta para

---

7. Ou Vale das Lágrimas. (N.T.)

mim foi a seguinte: "Este pântano lamacento é um lugar que não pode ser reparado. É a descida para onde a escória e a imundície que servem para a condenação pelo pecado fluem continuamente e, portanto, é chamado de Pântano do Desalento, pois, ainda que o pecador seja despertado em relação à sua perdição, em sua alma surgem muitos temores, dúvidas e apreensões desalentadoras, que, combinados, instalam-se neste local. Isso explica por que há tanta maldade presente neste trecho!".

"O rei não se compraz com o fato de este local permanecer tão ruim", ele continuou. "Inclusive, seus operários, sob a direção dos inspetores de Sua Majestade, foram empregados por mais de mil e seiscentos anos neste trecho, com a incumbência de saneá-lo. Mas, que eu saiba, ele disse que aqui foram engolidas ao menos vinte milhões de carroças carregadas; milhões de materiais de saneamento foram em todas as épocas do ano trazidos de todos os pontos dos domínios do rei — e quem entende do assunto afirma serem os melhores para tornar este local um bom terreno — para saneá-lo, se possível fosse. Entretanto, este ainda é o Pântano do Desalento e, quando tiverem feito o que puderem fazer, continuará sendo...

É verdade que, por orientação do legislador, foram construídos alguns bons e sólidos degraus até o meio deste pântano, mas, num tempo como este, quando o local expele amplamente sua imundície, conforme o faz em função da mudança de estação, esses degraus oferecem pouca visibilidade; ou, mesmo que sejam vistos, os homens, por conta de estarem atordoados, pisam em falso e, consequentemente, acabam atolados, mesmo com os degraus ali. Porém o solo é bom quando alcançam a porta."

Vi, então, em meu sonho que, agora, Tolerante já estava de volta a sua casa. E seus vizinhos foram visitá-lo. Alguns o consideraram sábio por ter retornado; outros o chamaram de tolo por ter se aventurado com Cristão; alguns, por sua vez, zombaram dele em virtude de sua covardia, dizendo coisas como: "Decerto, considerando que já havia começado essa aventura, eu não teria sido tão vil a ponto de ceder por causa de umas poucas dificuldades!". Assim, Tolerante passou a se comportar de maneira furtiva entre eles. No entanto, por fim, se tornou mais confiante e, então, todos voltaram a fazer gracejos e começaram a caçoar do pobre Cristão pelas costas.

E isso basta quanto a Tolerante.

Agora, enquanto Cristão caminhava sozinho, avistou a distância alguém que atravessava o campo vindo em sua direção para encontrá-lo, e, por um feliz acaso, eles se encontraram precisamente ao cruzar um o caminho do outro. O nome do cavalheiro era senhor Sábio Mundano; ele morava na Cidade da Astúcia Carnal, uma cidade imensa e, inclusive, próxima de onde Cristão vinha. Esse homem, então, encontrando-se com Cristão e pressentindo quem era ele — pois a partida de Cristão da Cidade da Destruição tivera muita repercussão em outras regiões, não só na cidade que ele habitava como também em conversas locais em alguns outros lugares —, esse homem, mestre Sábio Mundano, percebendo de quem se tratava, ao ver o seu árduo esforço ao andar, ao ouvir seus suspiros, lamentos e outras coisas do gênero, iniciou um diálogo com Cristão.

Sábio: "Oh, bom homem, para onde vais com todo esse fardo?"

Cristão: "Um fardo e tanto, realmente, como jamais pensei que uma pobre criatura tivesse de carregar. E já que me perguntou para onde, eu o digo, senhor. Estou indo para aquela pequena porta estreita acolá, aquela diante de mim, pois lá, como fui informado, me será indicado um modo de livrar-me do meu pesado fardo."

Sábio: "Você tem esposa e filhos?"

Cristão: "Sim, mas este fardo me pesa tanto que tê-los não me causa mais o prazer de antes... Parece-me que é como se não os tivesse."

Sábio: "Você me dará ouvido se eu o aconselhar?"

Cristão: "Se o conselho for bom, eu darei, pois continuo precisando de um bom conselho!"

Sábio: "Eu aconselharia, então, que se livrasse do seu fardo o mais rápido possível, pois não vai recuperar jamais seu equilíbrio mental enquanto não o fizer nem conseguirá, assim, beneficiar-se das bênçãos que Deus lhe concedeu até agora."

Cristão: "É o que procuro... livrar-me deste pesado fardo, mas não sou capaz de me desfazer dele. Tampouco há alguém em nossa terra capaz de tirá-lo dos meus ombros. Portanto, sigo este caminho, como disse ao senhor, para que eu consiga livrar-me deste meu fardo."

Sábio: "Quem o instruiu a seguir este caminho para que se livrasse de seu fardo?"

Cristão: "Um homem que me pareceu ser uma pessoa muito generosa e honrada. Seu nome, pelo que me lembro, é Evangelista."

Sábio: "Que ele se dane com os seus conselhos! Não há caminho mais perigoso e problemático no mundo do que este para o qual ele o orientou, e você o descobrirá se obedecer ao conselho dele. Já topaste com um obstáculo, como posso perceber, pois vejo que a sujeira do Pântano do Desalento o cobre. Mas esse pântano é apenas o começo das aflições que aguardam aqueles que seguem esse caminho. Ouça-me, sou mais velho! O caminho por onde vem trilhando é como se tivesse marcado encontro com a fadiga, a dor, a fome, perigos diversos, o desamparo, uma espada, os leões, os dragões, as trevas e, em resumo, a morte; e, se houver, algo pior do que isso. Com certeza, essas coisas são verdadeiras, pois foram confirmadas por muitos testemunhos. E por que deveria um homem, de forma tão descuidada, rejeitar a si mesmo para dar atenção a um estranho?"

Cristão: "Ora, senhor, este fardo sobre minhas costas é, para mim, mais terrível do que todas as coisas que mencionou. Não, acho que não me importo com o que vou encontrar pelo caminho, desde que consiga também me libertar do meu fardo."

Sábio: "Bem, para início de conversa, como vieste a obter este fardo?"

Cristão: "Lendo este livro que está na minha mão."

Sábio: "Foi o que pensei. Aconteceu contigo o mesmo que aconteceu com outros homens fracos, os quais, se envolvendo com coisas elevadas demais para eles, de repente, caíram de fato em uma perturbação mental, uma perturbação que não apenas desumaniza os seres humanos — como percebo que a sua fez contigo — como também os lança em aventuras desesperadas para obter aquilo que sequer sabem o que é."

Cristão: "Eu sei o que almejo obter. Quero livrar-me deste pesado fardo!"

Sábio: "Mas por que procura livrar-se do fardo por este caminho, vendo que nele há tantos perigos, quando especialmente… tenha paciência e me ouça… eu poderia orientá-lo para que obtenha o que deseja sem ter de enfrentar os perigos que nesse caminho você encontrará? Sim, e a solução está disponível. Além disso, devo acrescentar, em vez de se deparar com esses perigos, encontrarás muita segurança, amizade e contentamento!"

Cristão: "Suplico, senhor, que reveles esse segredo a mim!"

Sábio: "Ora, lá naquele povoado chamado Moralidade mora um cavalheiro cujo nome é Legalidade, um homem muito judicioso — e de excelente reputação —, apto a ajudar as pessoas a tirar dos ombros fardos como o seu. De uma forma positiva, que eu saiba, ele tem realizado muitos benefícios dessa maneira. Sim, e, além disso, ele tem habilidade para curar aqueles que, em consequência dos seus fardos, estão um tanto desequilibrados no âmbito mental. Você tem a possibilidade, como eu disse, de dirigir-se a ele e logo receber ajuda. Sua casa fica apenas a cerca de um quilômetro daqui, e, se ele não estiver em casa, ele tem um filho, um belo jovem cujo nome é Civilidade, que é tão apto — por assim dizer — quanto o próprio velho senhor. Lá, eu o digo, poderá livrar-se de seu fardo, e, se não estiver disposto a retornar a sua antiga casa, como na verdade eu não recomendo que o faça, pode pedir para sua esposa e seus filhos virem encontrá-lo nesse povoado, onde há, agora, casas desocupadas que podem ser obtidas a um preço razoável. Também os mantimentos lá são acessíveis e de boa qualidade, e o que tornará sua vida mais feliz é a certeza de que viverá nesse lugar junto a vizinhos honestos, onde poderá ter confiança e ser benquisto por todos."

Nesse momento, Cristão ficou um tanto indeciso, mas não demorou a concluir: "Se é verdade o que esse cavalheiro disse, o mais sensato que tenho a fazer é aceitar seu conselho!". E, com esse pensamento em mente, ele dirigiu a palavra ao senhor.

Cristão: "Senhor, qual é o caminho para a casa desse honrado homem?"

Sábio: "Vê ali aquela alta colina?"

Cristão: "Sim, muito bem!"

Sábio: "Suba aquela colina; a primeira casa que encontrar é a dele."

Assim, Cristão abandonou o caminho que trilhava e foi em busca de ajuda na casa do senhor Legalidade. Entretanto, para sua surpresa, quando já estava bem perto da colina, ela lhe pareceu tão alta, e a sua lateral junto à estrada, tão íngreme e vertical, que Cristão teve medo de seguir adiante, pois receou que a colina caísse sobre sua cabeça, e isso o fez estagnar; ele ficou sem saber o que fazer. Além do mais, seu fardo, agora, lhe parecia mais pesado do que quando trilhava o caminho anterior. Também lampejos de fogo emergiam da colina, gerando em Cristão o temor de ser queimado. Ele começou a suar e tremer de medo. Passou, então, a lamentar o fato de haver aceitado o conselho do senhor Sábio. Nesse momento, avistou Evangelista, que vinha ao seu encontro, e, que seja dito, ao vê-lo, Cristão enrubesceu envergonhado. Evangelista se aproximava cada vez mais e, quando se achava bem perto dele, o fitou, exibindo no rosto uma expressão severa e terrível, passando, então, a falar com Cristão com o intuito de fazê-lo mudar de atitude.

Evangelista: "O que faz aqui, Cristão?"

Cristão não sabia o que responder, então permaneceu em silêncio. Evangelista, então, continuou: "Você não é o homem que encontrei a gritar e se lamentar do lado de fora dos muros da Cidade da Destruição?".

Cristão: "Sim, caro senhor, sou esse homem!"

Evangelista: "Não lhe indiquei o caminho para a pequena porta estreita?"

Cristão: "Sim, caro senhor, indicou."

Evangelista: "Então, como justifica o fato de ter se desviado tão depressa, considerando que agora não está mais trilhando aquele caminho?"

Cristão: "Logo que transpus o Pântano do Desalento, me deparei com um cavalheiro que me convenceu de que eu poderia encontrar no povoado à minha frente um homem capaz de tirar o fardo das minhas costas."

Evangelista: "Quem era ele?"

Cristão: "Parecia um cavalheiro e falou muito comigo, de modo insistente, levando-me, por fim, a ceder, por isso, vim por este caminho. Mas quando contemplei esta colina e vi como ela se impõe altaneira e se destaca de modo ameaçador do lado da estrada, eu parei, pois temi que caísse sobre minha cabeça!"

Evangelista: "O que lhe disse aquele cavalheiro?"

Cristão: "Bem… perguntou-me para onde eu ia, e eu lhe contei."

Evangelista: "E o que ele disse, então?"

Cristão: "Perguntou-me se eu tinha família e eu lhe disse que sim, mas que o fardo nas minhas costas era tão pesado que ter uma família não me causava mais o prazer de antes."

Evangelista: "E o que ele disse depois?"

Cristão: "Instruiu-me a me livrar depressa do meu fardo, e eu lhe disse que era isso que eu procurava e que, portanto, estava indo na direção daquela porta para obter uma nova orientação sobre como encontrar um lugar em que eu pudesse me libertar desse fardo. Ele me disse, então, que me mostraria um caminho melhor, inclusive curto, onde não me aguardavam tantas dificuldades como o caminho em que o senhor me propôs. 'O caminho que indico', disse ele, 'o conduzirá à casa de um cavalheiro apto a livrar as pessoas desses fardos!'. Assim, acreditei nele e troquei aquele caminho por este, na esperança de poder livrar-me do meu fardo mais cedo. No entanto, quando cheguei a este lugar e contemplei as coisas como são, parei, assaltado pelo medo — como disse antes —, diante do perigo. Agora, porém, não sei o que fazer!"

Evangelista: "Então, sossegue por um instante para que eu possa mostrar a ti as palavras de Deus!". Cristão parou e aquietou-se, ainda que estivesse tremendo. Evangelista disse, nesse momento: "Tome cuidado para não rejeitar aquele que fala, pois, se não se salvam os que desprezaram a palavra daquele que caminhou sobre a Terra, muito menos nós nos salvaremos se ignorarmos aquele que fala do topo do Céu!". E ele disse mais: "O justo viverá pela fé. Porém, se qualquer homem recuar, minha alma não será condescendente com ele!". Evangelista falou mais sobre isso, com outras palavras: "Você é o homem que corre para essa miséria; começou a rejeitar o conselho do Altíssimo e a desviar seu pé da senda da paz, quase correndo o risco de se perder!".

Ao ouvir isso, Cristão tombou junto aos pés dele, como um morto, bradando: "Ai de mim, pois estou arruinado!". Diante disso, Evangelista o tomou pela mão direita dizendo: "Toda espécie de pecado e de blasfêmia será perdoada aos homens. Não abandone a fé, mas, pelo contrário, acredite!". Nesse momento, Cristão reanimou-se de novo um pouco e levantou-se tremendo, como a princípio, diante de Evangelista.

Evangelista, então, prosseguiu dizendo: "Atente com mais seriedade às coisas que irei lhe revelar. Vou mostrar-lhe agora quem foi que lhe enganou e também a quem ele o enviou. O homem que o encontrou é um tal Sábio Mundano, e é com acerto que é assim chamado, em parte porque a ele agrada apenas a doutrina deste mundo — e, portanto, ele frequenta sempre a igreja da Cidade da Moralidade —, e, em parte, porque é a doutrina de que mais gosta, pois o poupa da cruz; e como ele tem uma natureza carnal, sensual, procura esquivar-se dos meus modos, ainda que estes sejam corretos. Ora, há três coisas no aconselhamento desse homem que você deve considerar repulsivas...

A primeira é o fato de ele desviá-lo do caminho; a segunda é seu esforço no sentido de lhe tornar a cruz odiosa; a terceira é que ele pode conduzir seus pés para aquele caminho que leva ao Ministério da Morte.

Em primeiro lugar, você deve abominar não só o fato de ele tentar desviá-lo do caminho como também o fato de permitir que ele o faça, porque isso significa rejeitar os conselhos de Deus para dar atenção a um Sábio. O Senhor diz: 'Esforça-te para entrar pela porta estreita, a porta para a qual eu te enviei, pois estreita é a porta que conduz à vida, e são poucos os que a encontram!'. Foi dessa pequena porta estreita e do caminho para ela que esse homem perverso o desviou, conduzindo-o quase à destruição. Abomina, então, tanto o fato de ele tentar desviá-lo do caminho quanto a ti mesmo por ouvi-lo.

Em segundo lugar, você deve considerar desprezível a tentativa dele de lhe fazer odiar a cruz, pois você deve preferi-la aos tesouros do Egito; além disso, o Rei da Glória disse que aquele que salvar sua vida a perderá, 'e mesmo aquele que a ele vier e não aborrecer seu pai, sua mãe, sua esposa, seus filhos, seus irmãos e suas irmãs, e também não desprezar sua própria vida, não poderá ser seu discípulo'. Digo, portanto, que, quando um homem se empenha em convencê-lo de que isso será sua morte, sem o que, a verdade o declarou, não poderás ter a vida eterna, deves abominar essa doutrina.

Por fim, deves abominar o fato de ele instalar teus pés naquele caminho que conduz ao Ministério da Morte. E para isso deve julgar a quem ele te enviou e também quão incapaz essa pessoa era para livrar-te de teu fardo.

Aquele que lhe foi indicado para que você se livrasse do fardo, cujo nome é Legalidade, é o filho de uma mulher que se encontra agora na condição de escrava com seus filhos, e é um mistério esse Monte Sinai, que você temeu que caísse sobre sua cabeça. Ora, se ela, com seus filhos, está submetida à escravidão, como se pode esperar ser libertado por eles? Concluo que esse tal Legalidade não é capaz de livrá-lo do seu fardo. Nenhuma pessoa até hoje jamais foi libertada de seu fardo por ele, nem é provável que algum dia alguém o seja; isso não pode ser justificado pelas ações da lei, pois nenhuma pessoa viva pode se livrar de seu fardo por meio das ações da lei. Concluo também que o senhor Sábio é um estranho suspeito e perigoso, e o senhor Legalidade, um enganador; e quanto ao seu filho, Civilidade, apesar de sua aparência influente, não passa de um hipócrita, que também não é capaz de ajudá-lo. Acredite em mim: em todo esse alarde que ouviu desse tolo, não há nada além da tentativa de seduzi-lo, privando-o de sua salvação, ao desviá-lo do caminho em que o coloquei!".

Depois de declarar tudo isso, Evangelista clamou aos céus pela confirmação do que dissera, e, ao fazê-lo, emergiram palavras e fogo da montanha sob a qual estava o pobre Cristão que fizeram eriçar seus cabelos. As palavras foram assim pronunciadas: "Sejam quantas forem as ações da lei, estão todas sob uma maldição, pois está escrito: amaldiçoado todo aquele que não persevera em todas as coisas que estão escritas no Livro da Lei no sentido de praticá-las!".

Tudo que Cristão contemplava agora era a morte, então, ele irrompeu num lamento sofrido, chegando a amaldiçoar o momento em que se encontrara com o senhor Sábio, ainda classificando a si mesmo mil vezes como tolo por dar atenção ao seu aconselhamento; sentia-se também muito envergonhado ao pensar que os argumentos desse cavalheiro, fluindo tão somente da carne, haviam prevalecido para ele a ponto de fazê-lo abandonar o caminho correto. Então, nessa condição, ele recorreu de novo a Evangelista, dizendo...

"Senhor, o que acha? Há esperança para mim? Será que poderei retornar e subir até a pequena porta estreita? Não serei abandonado por isso e mandado de volta, humilhado? Sinto muito por ter dado atenção aos conselhos daquele homem, mas é possível que meu pecado seja perdoado?"

Ao ouvir isso, Evangelista respondeu: "Seu pecado é muito grave, porque, por intermédio dele, foram cometidas duas faltas. Você abandonou o caminho do bem para trilhar sendas proibidas. Entretanto, o homem que é guardião da porta o receberá, pois ele tem boa vontade com os seres humanos. Mas tome cuidado para não se desviar de novo, para não perecer na sua senda; para isso, bastará que sua ira seja um pouco acesa!".

Então, Cristão se dispôs a voltar, e Evangelista, depois de lhe dar um beijo, sorriu e lhe desejou boa sorte. Assim, ele se pôs a caminho depressa, nem falando com ninguém ao longo do trajeto, nem, no caso de alguém dirigir-lhe a palavra, dignando-se a responder. Caminhava como alguém que estava todo o tempo pisando num solo proibido, não podendo de modo algum considerar-se seguro enquanto não houvesse regressado ao caminho que abandonara para seguir o conselho do senhor Sábio. Desse modo, com o tempo, chegou à porta. Na superfície dela estava escrito: "Bate, e será aberta para ti!". Portanto, ele bateu mais de uma vez, dizendo:

> A mim é permitido, agora, aqui entrar? Aquele que dentro está
> abrirá para comigo se solidarizar, ainda que eu tenha sido
> um rebelde que não mereça nada? Se assim for, de minha parte,
> não deixarei de prestar a ele, guindado às alturas, um duradouro louvor.

Enfim, surgiu à porta uma pessoa de expressão séria chamada Benevolência, que lhe perguntou: "Quem está aí? De onde vem? E o que deseja?".

Cristão: "Quem está aqui é um pobre pecador que carrega um fardo às costas. Venho da Cidade da Destruição, mas estou me dirigindo ao Monte Sion para poder ser resgatado da ira vindoura. Assim, eu gostaria de saber, senhor, já que fui informado que o caminho para lá passa por esta porta, se está disposto a permitir meu ingresso."

Benevolência: "Estou disposto de todo o coração."

Ao dizê-lo, Benevolência abriu a porta.

Quando Cristão estava entrando, Benevolência o puxou, então, Cristão lhe perguntou: "O que foi?". O outro lhe contou que a pouca distância daquela porta erguia-se uma fortaleza, da qual Belzebu[8] era o comandante; disse também que, dali, tanto ele quanto aqueles que o acompanhavam lançavam flechas aos que alcançavam aquela porta, por isso os que passavam por ali poderiam morrer antes de conseguir entrar. Ciente disso, Cristão

---

8. Belzebu era uma divindade cultuada pelos cananeus. Em hebraico transliterado, *Baalzebub*, que significa senhor dos insetos, ou, mais especificamente, senhor das moscas. Para a religião monoteísta judaica, é o demônio, Satã, o que aparece na Bíblia. (N.T.)

disse: "Contento-me e tremo!". Assim, logo que Cristão entrou, Benevolência, o guardião da porta, lhe perguntou quem o havia orientado para que chegasse àquele lugar.

Cristão: "Evangelista instruiu-me para vir para cá e bater na porta, que foi o que fiz. E ele disse que o senhor me diria o que devo fazer."

Benevolência: "Uma porta aberta está diante de você, e nenhum homem pode fechá-la."

Cristão: "Agora, começo a colher os benefícios dos perigos pelos quais passei."

Benevolência: "Mas por que veio sozinho?"

Cristão: "Porque nenhum dos meus vizinhos percebeu o seu perigo como eu percebi o meu."

Benevolência: "Mas algum deles soube de sua vinda?"

Cristão: "Sim, minha esposa e meus filhos me viram, no início, e gritaram, implorando que eu voltasse. Também alguns de meus vizinhos ficaram a bradar para que eu retornasse, mas eu tapei meus ouvidos com os dedos e segui meu caminho."

Benevolência: "Mas nenhum deles o seguiu a fim de convencê-lo a voltar?"

Cristão: "Sim, tanto Obstinado quanto Tolerante. No entanto, quando perceberam que não conseguiriam me convencer, Obstinado tomou o caminho de volta, porém, Tolerante acompanhou-me mais um pouco."

Benevolência: "Mas por que ele não conseguiu chegar até aqui?"

Cristão: "Realmente, vínhamos juntos até atingirmos o Pântano do Desalento, no qual, de repente, caímos. Por isso, meu vizinho Tolerante desanimou e não quis arriscar-se mais. Então, quando conseguiu sair do pântano por um lado próximo a sua própria casa, ele me disse que eu poderia possuir este admirável reino sozinho. Assim, ele seguiu seu caminho, e eu, o meu. Ele foi atrás de Obstinado, e eu caminhei em direção a esta porta."

Benevolência: "Que pena para esse pobre homem, para o qual a Glória celestial é de tão pouco valor que não a julga digna de, por ela, enfrentar os riscos de algumas dificuldades."

Cristão: "De fato, eu disse a verdade sobre Tolerante, e, se também dissesse a verdade sobre mim, ficaria evidente que minha atitude não foi melhor que a dele. É verdade que ele retornou a sua própria casa, mas eu também me desviei para tomar o caminho da morte ao ser convencido, para isso, pelos argumentos mundanos de um senhor Sábio."

Benevolência: "Oh, você o encontrou? Talvez o tenha induzido a buscar o alívio de seu fardo com o senhor Legalidade. Ambos são grandes impostores. Mas você seguiu o conselho dele?"

Cristão: "Sim, enquanto não me faltou coragem para isso. Fui em busca do senhor Legalidade até o momento em que achei que a montanha próxima à sua casa fosse cair sobre minha cabeça; naquele instante, me senti forçado a parar."

Benevolência: "Aquela montanha tem causado a morte de muitos e causará a morte de muitos mais. Que sorte você ter escapado de ser despedaçado por ela..."

Cristão: "Realmente, não sei o que teria acontecido comigo ali se, por sorte, Evangelista não tivesse me encontrado de novo quando eu me achava mergulhado em minha tristeza. Porém, foi por misericórdia de Deus que ele veio a mim outra vez, pois, caso contrário, eu jamais teria vindo para cá. No entanto, agora, eu vim, tal como sou, na verdade, mais apto a morrer por obra daquela montanha do que de estar, deste modo, falando com meu Senhor. Mas que favor foi esse a mim concedido que, apesar de tudo, minha entrada aqui foi permitida?"

Benevolência: "Não fazemos objeções a ninguém, não importa o que você tenha feito antes de vir para cá. Ninguém é, de modo algum, expulso; portanto, bom Cristão, acompanhe-me por um curto trajeto, e eu indicarei o caminho que deverá seguir. Olhe, veja o que está diante dos seus olhos. Consegue ver esta trilha estreita? Este é o caminho pelo qual você deve seguir. Por ele passaram os patriarcas, os profetas, Cristo e seus apóstolos; e é um caminho tão reto quanto o que uma régua pode traçar. Esse é o caminho que você deve seguir."

Cristão: "Mas não há curvas nem sinuosidades pelas quais um estranho possa se perder no caminho?"

Benevolência: "Sim, na realidade, há muitos caminhos que topam com este, e são tortuosos e largos. Mas, assim, será possível distinguir o certo do errado, ou seja, este é apenas reto e estreito."

Então, vi em meu sonho que Cristão também lhe perguntou se ele não podia ajudá-lo quanto ao fardo que trazia nas costas, pois até este momento não se livrara dele nem podia fazê-lo de jeito nenhum sem ajuda.

E Benevolência lhe disse: "Já o seu fardo, contente-se em carregá-lo até alcançar o lugar da libertação, pois aí ele cairá de suas costas por si mesmo!".

Cristão preparou-se, neste momento, para empreender um grande esforço e devotar-se a sua jornada, e Benevolência lhe disse que, logo que se afastasse por uma distância considerável da porta, chegaria à Casa do Intérprete, em cuja porta deveria bater, e o Intérprete lhe mostraria coisas esplêndidas. Em seguida, Cristão despediu-se do amigo, que lhe desejou boa sorte mais uma vez.

Depois disso, caminhou até chegar à Casa do Intérprete, em cuja porta bateu muitas vezes. Por fim, alguém veio até a porta e perguntou: "Quem está aí?".

Cristão: "Senhor, quem está aqui é um viajante que foi instruído por alguém que conhece o dono desta casa a recorrer a esta para pedir auxílio. Gostaria, portanto, de falar com o dono da casa."

A pessoa chamou o dono da casa, o qual não demorou a vir atender Cristão, perguntando-lhe o que desejava.

Cristão: "Senhor, sou um homem que veio da Cidade da Destruição e me dirijo ao Monte Sion. E o homem que se posta à porta no alto desta estrada disse-me que, se eu aqui viesse, o senhor mostraria a mim coisas esplêndidas que me auxiliariam em minha jornada."

Intérprete: "Então, entre, e eu mostrarei o que será proveitoso para você."

Em seguida, o Intérprete mandou seu empregado acender uma vela e pediu a Cristão que o seguisse. Instalou-o num aposento privado e mandou seu empregado abrir uma porta, e, quando este o fez, Cristão viu o retrato de uma pessoa muito séria na parede. A pessoa era retratada da seguinte forma: tinha os olhos erguidos para o céu, o melhor dos Livros em sua mão, a lei da Verdade estava inscrita em seus lábios, e o mundo aparecia atrás de suas costas; sua postura era como a de alguém que fizesse uma súplica ou uma exortação aos seres humanos, e pendia de sua cabeça uma coroa de ouro.

Cristão, por sua vez, perguntou: "O que esta imagem representa?".

Intérprete: "O homem aqui retratado é um em mil; é capaz de gerar filhos, sofrer as dores do parto dos filhos e amamentá-los ele mesmo quando nascem. E, considerando que o está vendo com seus olhos erguidos ao céu, o melhor dos Livros em sua mão e a lei da Verdade inscrita em seus lábios, isso serve para mostrar a você que a função dele é conhecer e esclarecer coisas obscuras aos pecadores, e, por isso, inclusive, você o vê numa postura como se estivesse exortando os seres humanos. E, como vê, o mundo atrás dele e uma coroa pendendo de sua cabeça indicam que, ao desprezar as coisas mundanas em prol do amor que dedica ao serviço dos seus mestres, ele está certo de que obterá a Glória no mundo vindouro como sua recompensa..."

"Ora", disse o Intérprete, "mostrei-lhe primeiro este retrato porque o homem nele representado é o único autorizado pelo Senhor do Lugar a ser seu guia para onde você está indo em todos os pontos difíceis que puder vir a encontrar no caminho. Por isso, atente bem para o que lhe mostrei e tenha em mente com muita clareza o que viu, para que, na sua jornada, não encontre alguns que fingem conduzi-lo de forma correta quando o caminho deles conduz à morte".

Em seguida, o Intérprete o tomou pela mão e o levou a uma sala muito grande, cheia de pó, pois nunca era varrida; depois de inspecioná-la um pouco, o Intérprete chamou uma pessoa para varrê-la. Ora, quando foi iniciada a varredura, o pó começou a se mover em tamanha quantidade que Cristão quase asfixiou-se. O Intérprete, então, disse a uma donzela que estava ali perto: "Traga água para cá e borrife a sala!".

Depois que ela fez isso, a sala que tinha sido varrida ficou agradavelmente limpa e purificada.

Então, Cristão perguntou: "O que significa isso?".

O Intérprete respondeu: "Esta sala é o coração de um homem que jamais foi santificado pela doce Graça do Evangelho; o pó é seu pecado original e suas corrupções íntimas que aviltaram o homem íntegro. Aquele que a princípio começou a varrer é a Lei, mas aquela que trouxe água e borrifou a sala é o Evangelho. Ora, como pôde observar, tão logo o primeiro começou a varrer, o pó pairou no ar a tal ponto que a sala por ele varrida não podia ser limpa, e você quase sufocou com isso. O propósito é mostrar-lhe que a Lei, em vez de purificar do pecado o coração ao atuar sobre ele, o faz reviver, o fortalece e o amplia na alma, pois, mesmo detectando e proibindo o pecado, não oferece força para subjugá-lo...

Além disso, você viu a donzela borrifar a sala com água, e assim ela ficou agradavelmente limpa e purificada; isso serve para mostrar-lhe que, quando o Evangelho chega exercendo suas doces e preciosas influências no coração, então, eu o digo, tal como você viu a donzela baixar a poeira borrifando o chão com água, o pecado é vencido e subjugado, e a alma é purificada por meio de sua fé e, consequentemente, torna-se apta a ser habitada pelo Rei da Glória!".

Vi, depois disso, no meu sonho, que o Intérprete o tomou pela mão novamente e o fez ingressar num pequeno aposento onde havia duas crianças sentadas, cada uma delas em uma cadeira. O nome da mais velha era Paixão, e o da outra era Paciência. Paixão parecia estar muito descontente, porém Paciência estava tranquila. Assim, Cristão perguntou: "Por que Paixão está descontente?". E o Intérprete respondeu: "Seu tutor quer que ela aguarde a posse de suas melhores coisas até o início do próximo ano, mas ela quer recebê-las agora. Paciência, entretanto, está disposta a esperar!".

Então, notei que alguém carregando um saco de dinheiro foi até onde estava Paixão e despejou o conteúdo do saco aos seus pés. Ela recolheu tudo e se animou, enquanto Paciência ria num tom de zombaria. Continuei observando por mais algum tempo e percebi que ela havia dissipado tudo, só lhe restavam farrapos.

Ao ver isso, Cristão disse ao Intérprete: "Explique, para mim, o significado disso de forma mais minuciosa!". Ao que o Intérprete respondeu: "Estas duas crianças são imagens: Paixão dos homens deste mundo e Paciência dos homens do mundo vindouro. Com efeito, como você pode ver aqui, Paixão terá tudo agora, este ano, quer dizer, neste mundo; assim são os homens deste mundo: eles desejam possuir todas as suas coisas boas agora, não conseguem esperar até o próximo ano, isto é, até o futuro, para receber sua porção de bem. Aquele provérbio, a saber, 'mais vale um pássaro na mão do que dois voando', tem mais validade em relação a elas do que todos os testemunhos divinos do bem do mundo vindouro. Contudo, como você viu, ela dissipou totalmente o que tinha, e logo lhe restaram apenas farrapos. Assim será com todas as pessoas que agem dessa forma no fim deste mundo!".

Então, Cristão disse: "Agora, percebo que Paciência é mais sábia, e isso por muitos motivos. Primeiro, porque ela espera para receber as melhores coisas; segundo, porque também terá a sua glória quando a outra nada tiver senão farrapos!".

Intérprete: "Não, pode acrescentar mais um motivo, ou seja, a glória do próximo mundo nunca se extinguirá, porém as daqui subitamente desaparecem. Portanto, Paixão não tinha motivo para rir de Paciência porque recebeu suas coisas boas primeiro, assim como Paciência não tem motivo para rir de Paixão porque receberá suas coisas melhores depois, pois o primeiro deve ceder seu lugar ao último porque o último precisa ter seu tempo para vir, mas o último não cede seu lugar a ninguém, pois não há um outro que o suceda. A conclusão é que aquele que recebe sua porção primeiro precisa dispor de um tempo para usá-la, mas aquele que recebe sua porção por último pode dispor dela de forma permanente. Como se diz do homem rico,[9] 'na sua existência, recebeu suas coisas boas, e Lázaro, por sua vez, as suas más; entretanto, agora, ele é confortado e você é atormentado.'"

Cristão: "Então, concluo que é melhor não cobiçar as coisas que estão disponíveis agora, mas, sim, esperar as coisas que virão."

Intérprete: "O que você diz tem sentido, pois as coisas visíveis são temporárias, porém as invisíveis são eternas. No entanto, ainda que seja assim, como as coisas presentes e nosso apetite carnal são mutuamente ligados, e também como as coisas vindouras e os sentidos carnais são mutuamente estranhos como são, a consequência é que os primeiros se tornam logo amigos, ao passo que existe uma constante distância entre os segundos."

Vi então em meu sonho que o Intérprete tomou Cristão pela mão mais uma vez e o fez entrar num lugar onde havia um fogo que ardia contra um muro, e alguém próximo despejava continuamente um bocado de água sobre o fogo a fim de apagá-lo; entretanto, o fogo se elevava e gerava cada vez mais calor.

---

9. No original, "*dives*", que significa rico em latim. A referência é ao homem rico na parábola de Lázaro (Evangelho de Lucas, 16, 19-31). (N.T.)

Então, Cristão perguntou: "Qual é o significado disso?".

O Intérprete respondeu: "Este fogo é o trabalho da Graça que é produzido no coração. Aquele que despeja água sobre o fogo a fim de extingui-lo é o Diabo. Mas, como você pode ver que, apesar disso, o fogo queima, se elevando e gerando mais calor, entenderá também a razão!". Então, o Intérprete o conduziu ao lado de trás do muro, onde Cristão viu um homem com um recipiente de óleo na mão, e este também despejava de modo contínuo, embora escondido, o conteúdo do recipiente no fogo, alimentando-o.

"O que significa isso?", perguntou Cristão. O Intérprete respondeu: "Este é Cristo, que, de forma constante, com o óleo de sua Graça, mantém o trabalho já iniciado no coração, por meio do qual, a despeito do que o Diabo possa fazer, as almas dos seus continuam recebendo a sua Graça. Você deve ter percebido que este homem permanecia atrás do muro para conservar o fogo, o que nos ensina que é difícil para aqueles que estão em tentação ver como essa operação da Graça é mantida na alma!".

Então, o Intérprete o tomou de novo pela mão e o conduziu a um local agradável, onde havia um palácio imponente que exibia uma beleza ímpar. Ao contemplá-lo, Cristão experimentou um intenso prazer; depois, avistou no topo do palácio algumas pessoas que caminhavam e estavam vestidas com trajes de ouro.

Cristão perguntou: "Podemos entrar aí?".

O Intérprete, mais uma vez, o tomou pela mão e o conduziu por uma subida até a porta do palácio. E, que surpresa... à porta, havia um grande número de pessoas desejosas de entrar, mas que não se atreviam a fazê-lo. A pouca distância da porta, havia um homem sentado próximo a uma pequena mesa; ele tinha um caderno e, diante de si, um tinteiro de chifre para anotar o nome de quem deveria entrar ali. Cristão também observou que alguns homens armados se postavam, próximos da porta, para vigiar e proteger a entrada, e estavam dispostos a ferir e causar todo o mal que pudessem a quem forçasse a entrada. Nesse momento, Cristão ficou um tanto perplexo. Por fim, quando todas aquelas pessoas recuaram, amedrontadas com os homens armados, ele avistou um homem de aspecto muito decidido que se dirigiu ao homem que ali estava sentado, dizendo: "Escreva meu nome, senhor!". Depois que o homem que estava sentado anotou o nome, Cristão viu o outro homem desembainhar a espada, pôr um elmo na cabeça e precipitar-se rumo à porta contra os homens armados, os quais se abateram sobre ele com uma força mortal. O homem, no entanto, de modo algum com menos coragem, desferiu cutiladas e cortes com ferocidade, de forma que, após ter sido ferido por muitos golpes e, por sua vez, ferir também com muitos golpes aqueles que tentavam mantê-lo fora do palácio, abriu caminho entre eles e forçou sua entrada no palácio, onde uma bela voz era ouvida tanto pelos que se encontravam no interior quanto, também, por aqueles que caminhavam no topo do palácio. A voz entoava:

> Entra, entra,
> eterna glória ganharás.

E, então, ele entrou e foi vestido com trajes iguais aos deles.

Cristão sorriu e disse: "Realmente, acho que compreendo o significado disso!". E acrescentou: "Deixe-me seguir sozinho a partir daqui!".

No entanto, o Intérprete retrucou: "Não! Espere até eu lhe mostrar um pouco mais; depois disso, poderá seguir seu caminho!". Assim, mais uma vez, ele o tomou pela mão e o introduziu num aposento muito escuro, no qual um homem estava sentado dentro de uma jaula de ferro.

Ora, o homem parecia muito triste... permanecia sentado com o olhar fixo no chão, com as mãos unidas, e suspirava como se quisesse rasgar o próprio coração.

"O que significa isso?", perguntou Cristão.

Em vez de responder, o Intérprete o mandou falar com o homem.

Então, Cristão perguntou ao homem: "Quem é você?".

O homem respondeu: "Sou o que não era antes!".

Cristão: "E o que você era antes?"

O homem: "Antes, eu era um íntegro e notável professor, tanto aos meus olhos quanto aos olhos dos outros. Antes eu era, como pensava, íntegro para a Cidade Celestial, e experimentava, então, até mesmo alegria ao pensar que a alcançaria!"

Cristão: "Bem, e agora, o que você é?"

O homem: "Sou agora um desesperado e estou preso em meu desespero, trancado nessa jaula de ferro. Não posso sair. Agora, não posso…"

Cristão: "Mas como você foi parar aí?"

O homem: "Deixei de ficar vigilante e manter-me sóbrio. Larguei as rédeas e cedi aos meus desejos, sobretudo sexuais. Pequei contra a luz do Verbo e a bondade de Deus. Ofendi o Espírito Santo, e ele se afastou. Tentei o Diabo, e ele veio a mim. Provoquei a ira de Deus, e ele me abandonou. Endureci a tal ponto meu coração que sou incapaz de arrepender-me!"

Então, Cristão disse ao Intérprete: "Não há esperança para um homem como este?".

"Pergunte a ele!", respondeu o Intérprete.

Cristão: "Não há esperança? Então, deve ser mantido na jaula de ferro do Desespero?"

O homem: "Absolutamente, nenhuma esperança!"

Cristão: "Por quê? O Filho dos Abençoados é muito compassivo."

O homem: "Eu o crucifiquei mais uma vez por mim mesmo. Desprezei sua pessoa e sua retidão, julguei o seu sangue destituído de santidade, insultei o Espírito da Graça. Por consequência, fui excluído de todas as promessas. E tudo o que me resta agora são ameaças, ameaças medonhas, ameaças fidedignas de um julgamento que irá me devorar como um adversário!"

Intérprete: "Por que conduziu a si mesmo até essa condição?"[10]

O homem: "Pelos desejos, principalmente sexuais, por meio dos prazeres e das vantagens deste mundo, os quais prometi a mim mesmo para obter muito gozo e muita satisfação. Cada uma dessas coisas, agora, me corrói e me atormenta como se dentro de mim houvesse um verme de fogo!"

Intérprete: "Mas você não pode se arrepender agora e ser reabilitado?"

O homem: "Deus me negou o arrependimento. Sua palavra não me estimula a crença. Sim, ele próprio me trancou nesta jaula de ferro! Nenhum homem no mundo pode me libertar. Oh, eternidade! Eternidade! Como eu poderei lidar com as misérias com as quais, com certeza, toparei na eternidade?"

---

10. Conforme o texto original, esta pergunta e a próxima são feitas pelo Intérprete, embora o contexto sugira que também possam ter sido feitas por Cristão. (N.T.)

Nesse momento, o Intérprete disse a Cristão: "Guarde na memória a infelicidade desse homem, e que ela seja para você uma advertência permanente!".

Cristão: "Bem... isso é terrível. Que Deus me ajude a vigiar e manter a sobriedade... e orar para poder esquivar-me das causas da infelicidade desse homem. Senhor, já não é tempo para eu seguir meu caminho, agora?"

Intérprete: "Espere até eu lhe mostrar mais uma coisa, e então você seguirá seu caminho."

Depois de dizer isso, ele tomou Cristão pela mão novamente e o conduziu ao interior de um quarto onde alguém se levantava do leito e, enquanto se vestia, mostrava-se abalado e tremia.

Cristão perguntou: "Por que este homem treme desta forma?".

O Intérprete, então, mandou o homem revelar a Cristão o motivo daquele tremor.

O homem, por sua vez, se pôs a explicar: "Esta noite, enquanto dormia, eu tive um sonho em que vi os céus se tornarem escuros por completo; além disso, trovejava e relampejava de forma aterrorizante, o que me levou a ficar agoniado. Então, ainda sonhando, ergui o olhar e vi as nuvens se moverem a uma velocidade incomum; depois, ouvi o som grandioso de uma trombeta e vi um homem, sobre uma nuvem, cercado por milhares de criaturas celestiais... estavam todos imersos num fogo flamejante; todo o céu, mergulhado numa chama ardente. Ouvi, então, uma voz que dizia 'Levantai vós que sois mortos e comparecei ao Juízo!', e, depois disso, as rochas se romperam, as sepulturas se abriram e os mortos que lá estavam apareceram. Alguns deles pareciam extremamente contentes e olhavam para o alto, ao passo que outros procuravam se esconder sob as montanhas. Vi então o homem que estava sobre a nuvem abrir o livro e ordenar ao mundo que se aproximasse. Entretanto, por causa de uma chama violentíssima que emergia dele e que partia à sua frente, havia uma distância conveniente entre ele e os mortos, semelhante àquela entre o juiz e os prisioneiros no tribunal. Também ouvi ser proclamado aos que acompanhavam e serviam ao homem sentado na nuvem 'Juntai a ervilhaca, o debulho e o restolho e arremessai no lago ardente!', e depois disso um poço sem fundo se abriu bem onde eu estava, e de sua boca saiu muita fumaça e carvões acesos, tudo acompanhado por ruídos aterradores. Também foi dito às mesmas pessoas: 'Juntai meu trigo e o colocai no silo!'. E, assim, vi muitos serem acolhidos e carregados até ingressarem nas nuvens, mas eu fui deixado para trás. Também procurei me esconder, mas não consegui, pois o homem sobre a nuvem ainda conservava seu olhar fixo em mim... meus pecados também invadiram minha mente, e minha consciência me acusava por todos os ângulos. Foi quando despertei!".

Cristão: "Mas o que o levou a ter tanto medo dessa visão?"

O homem: "Ora, pensei que o dia do Juízo tivesse chegado e que eu não estava preparado para ele. Porém o que mais me amedrontou foi que os anjos acolheram muitos e me deixaram para trás. Além disso, o poço do inferno abriu sua bocarra no lugar exato em que eu me encontrava. Minha consciência também me trouxe aflição e, enquanto eu pensava, o juiz não tirava os olhos de mim, sua fisionomia era de indignação..."

O Intérprete dirigiu, então, a palavra a Cristão: "Conseguiu considerar todas essas coisas?".

Cristão: "Sim, e elas me transmitiram esperança e medo."

Intérprete: "Bem, mantenha todas essas coisas em sua mente para que sejam como um ferrão nos teus flancos, para que funcionem como esporas que o obriguem a seguir em frente no caminho que você deve trilhar."

Então, Cristão preparou-se para o grande esforço que seria devotar-se à sua jornada. Nesse momento, o Intérprete lhe disse: "Que o Consolador esteja sempre contigo, bom Cristão, para guiá-lo no caminho que conduz à Cidade!".

Assim, Cristão seguiu seu caminho dizendo:

> Vi aqui coisas raras e proveitosas,
> agradáveis, terríveis, coisas que me transmitem firmeza
> naquilo que principiei a empreender.
> Então, que eu pense nelas e compreenda
> para que foram mostradas a mim,
> e que eu seja grato, bom Intérprete, a você.

Assim, vi em meu sonho que a estrada pela qual Cristão deveria seguir era cercada de um lado e do outro por um muro, e esse muro se chamava

Salvação. Portanto, Cristão correu por essa estrada, mas com grande dificuldade, pois o fardo lhe pesava nas costas.

Correu como pôde até alcançar um ponto não muito alto; nesse lugar, estava erigida uma cruz e, um pouco abaixo, no fundo, havia um sepulcro. Em seguida, vi no meu sonho que, quando Cristão se aproximou da cruz, seu fardo soltou-se de seus ombros e caiu de suas costas, rolou estrada abaixo e, sem parar, alcançou a entrada do sepulcro e nele entrou; e eu não o vi mais.

Quando Cristão se aproximou da cruz, seu fardo soltou-se de seus ombros e caiu de suas costas, rolou estrada abaixo e, sem parar, alcançou a entrada do sepulcro e nele entrou.

Cristão sentia-se agora satisfeito e contente; então, disse a si mesmo com o coração alegre: "Por meio de sua dor, Ele me concedeu repouso, e, por meio de sua morte, me concedeu vida!". Permaneceu imóvel por um tempo, em contemplação e maravilhamento, pois o surpreendeu muito o fato de a visão da cruz tê-lo libertado de seu fardo. Assim, ele prosseguiu admirado até as lágrimas escorrerem por seu rosto. E, enquanto ele ainda chorava e contemplava, surpreenderam-no três figuras luminosas que vieram a ele e o saudaram com as seguintes palavras: "Que a paz esteja contigo!". E a primeira lhe disse "Seus pecados foram perdoados!"; a segunda o despiu de seus farrapos e o vestiu com um novo traje. A terceira, por sua vez, o marcou na fronte com um sinal e lhe deu um pergaminho sobre o qual havia um selo, o instruindo a observá-lo no seu rápido trajeto e entregá-lo na Porta Celestial. Depois disso, elas seguiram seu caminho.

E, ENQUANTO ELE AINDA CHORAVA E CONTEMPLAVA, SURPREENDERAM-NO TRÊS FIGURAS LUMINOSAS QUE VIERAM A ELE E O SAUDARAM COM AS SEGUINTES PALAVRAS: "QUE A PAZ ESTEJA CONTIGO!".

Então, Cristão deu três saltos de alegria e continuou a caminhar, cantando:

Até aqui, eu carregava o fardo do meu pecado,
nem podia minha aflição aliviar.
Até aqui chegar: que lugar é este?
Deverá minha felicidade aqui começar?
Deverá das minhas costas aqui o fardo cair?
Deverá aqui romperem os laços que o prendiam?
Abençoada seja a cruz! Abençoado seja o sepulcro!
Abençoado seja aquele homem que, em meu favor,
foi ali coberto de vergonha.

Vi depois em meu sonho que assim ele prosseguiu até chegar à base da colina, onde avistou, um pouco fora do caminho, três homens profundamente adormecidos e com grilhões em seus calcanhares. O nome de um deles era Simplório, de um outro, Preguiça, e o terceiro se chamava Vaidade.

Vendo-os deitados naquela miséria, Cristão dirigiu-se a eles, pois talvez pudesse acordá-los. E gritou: "Vocês estão como os que dormem no topo de um mastro, pois o Mar Morto se encontra sob vocês, um abismo sem fundo. Portanto, acordem e mexam-se, além de se armarem com a vontade, e eu os ajudarei a se livrar dos ferros!". E também lhes disse: "Se houver alguém que perambula por aí como um leão a rugir e se aproximar, certamente se tornarão presa de seus dentes!".

Como, apesar do sono, pareciam ter ouvido suas palavras, olharam-no e responderam. Simplório disse: "Não vejo nenhum perigo!". Preguiça não se preocupou: "Vou dormir mais um pouco!". E Vaidade argumentou: "Todo tonel deve estar sobre seu próprio fundo!". E assim se acomodaram para voltar a dormir, e Cristão continuou em seu caminho.

Entretanto, aquilo o perturbou. Não conseguia compreender por que homens correndo aquele tipo de perigo davam tão pouco apreço à bondade de alguém que, de maneira tão franca, se oferecia para ajudá-los, seja para acordá-los, seja para aconselhá-los, seja se dispondo a auxiliá-los para que se livrassem de seus grilhões. E, enquanto refletia, perturbado com aquilo tudo, notou a presença de dois homens que saltavam sobre o muro do lado esquerdo do caminho estreito. Logo chegaram até ele. Um deles se chamava Falsidade, e o outro, Hipocrisia. Assim, como eu disse, eles se aproximaram dele e começaram a conversar.

Cristão: "Senhores, de onde vieram e para onde estão indo?"

Falsidade e Hipocrisia: "Nascemos na terra da vanglória e rumamos para o Monte Sion em busca de louvores."

Cristão: "Por que não vieram até a porta no começo da estrada? Não sabem que está escrito que aquele que não entra pela porta, mas escala alguma outra entrada, é um ladrão e um assaltante?"

Falsidade e Hipocrisia responderam que tinham ouvido dizer de todos os seus compatriotas que entrar pela porta exigia um longo trajeto, e que, portanto, o seu caminho costumeiro consistia em tomar um atalho e saltar o muro como eles haviam feito.

Cristão: "Mas não será considerado uma transgressão contra o Senhor da Cidade, para onde vamos, violar, assim, a vontade a nós revelada por Ele?"

Eles lhe disseram que, quanto a isso, ele não precisava se preocupar, porque o que eles faziam era um velho costume e que, se houvesse necessidade, poderiam apresentar testemunhas que atestariam que essa prática remontava a mais de um milênio.

Cristão: "Mas essa prática seria sustentável num tribunal?"

Falsidade e Hipocrisia lhe disseram que o costume, atuando há tanto tempo, por mais de mil anos, sem dúvida, seria agora admitido como algo legal por um juiz imparcial. "Além do que", acrescentaram, "se entramos e estamos no caminho, o que importa de que modo entramos? Se aqui estamos, aqui estamos. Você, que, como percebemos, passou pela porta, está nesse caminho, enquanto nós, que também estamos nesse caminho, viemos saltando pelo muro. No que, afinal, sua condição é melhor do que a nossa?".

Cristão: "Eu me movo segundo a regra de meu mestre, enquanto vocês o fazem se deixando meramente guiar por fantasias. Já são considerados ladrões pelo senhor da estrada. Duvido que, no fim dela, sejam considerados homens comprometidos com a verdade. Aqui entraram por conta própria sem a diretriz dele, e sairão daqui por conta própria sem contar com sua misericórdia."

A resposta dos andarilhos se limitou a mandar Cristão cuidar de si mesmo.

Percebi, então, que seguiram adiante, cada um por si, sem muito se consultar um com o outro, embora tenham dito a Cristão que, no que se referia a leis e decretos, não duvidavam de que podiam cumpri-los de modo tão consciente quanto ele. "Portanto", ainda disseram, "não vemos no que é diferente de nós, exceto pelo traje que veste, que, para nós, lhe foi dado por algum de seus vizinhos para cobrir a vergonha de sua nudez".

Cristão: "Não será por leis e decretos que serão salvos, pois não entraram pela porta. E quanto a este traje que visto, a mim foi dado pelo senhor do lugar para onde vou, e isto, como dizem, para cobrir minha nudez. E eu o considero um sinal de sua bondade para comigo, pois tudo o que eu tinha antes eram farrapos. E, ademais, eu me conforto à medida que caminho, pois é certo, penso eu, que, quando alcançar o portão da Cidade, o seu senhor me reconhecerá como um homem bom, uma vez que envergo seu traje, um traje que me entregou gratuitamente no dia em que me despi de meus andrajos. Tenho, além disso, um sinal em minha fronte, que talvez não tenham notado, aplicado por um dos mais íntimos companheiros de meu senhor no dia em que um fardo caiu de meus ombros. Se quiserem saber, ainda revelo que recebi naquela ocasião um pergaminho selado, cuja leitura me serve de consolo enquanto ando. Fui também instruído a entregá-lo na Porta Celestial, como um sinal de reconhecimento para o meu ingresso certeiro através dela; são todas essas coisas que duvido que tenham, e sei que não têm, porque não entraram pela porta!"

Eles não deram nenhuma resposta, apenas se entreolharam e riram. Em seguida, se puseram a caminhar, enquanto Cristão ainda esperou um pouco mais, absorto, falando consigo mesmo e com mais ninguém. Ora suspirava, ora se confortava, e o que lhe oferecia certo alívio era a leitura frequente do pergaminho que uma daquelas criaturas luminosas lhe dera.

O que vi na sequência é que todos eles se dirigiram ao sopé da colina Dificuldade, e na base dela havia uma fonte. No mesmo lugar, reparei em duas outras vias, uma que ia para a direita e a outra para a esquerda, que margeavam a base da montanha, além daquela que terminava diretamente na porta. O caminho estreito à frente era uma subida pela colina (o nome da subida pelo flanco da colina era Dificuldade). Cristão dirigiu-se à fonte, bebeu dela para restaurar as forças e iniciou a subida, enquanto dizia:

> Ainda que seja alta, esta colina desejo subir,
> e não será a dificuldade que irá me injuriar,
> pois percebo que aqui está o caminho para a vida.
> Vamos, cria coragem, coração, que nem desfaleças nem temas:
> embora difícil, é a senda certa a seguir,
> melhor do que a errada, que é fácil, mas na aflição finda.

Os dois outros homens também alcançaram o sopé da colina. No entanto, quando perceberam que ela era íngreme e alta e que seria possível pegar um dos outros dois caminhos como atalho, e também supondo que esses pudessem chegar, do outro lado da colina, à via escolhida por Cristão, preferiram trilhá-los em vez de subir a colina. Ora, o nome de uma via era Perigo, e o da outra, Destruição. Assim, um deles tomou o caminho chamado Perigo, que o levou a um grande bosque, e o outro subiu pela via Destruição, que o conduziu a um vasto campo repleto de montanhas escuras, onde ele cambaleou, caiu e não se levantou mais.

Voltei a observar Cristão em sua subida pela colina. O terreno era tão íngreme que ele logo caiu, em consequência do esforço entre correr e andar, e teve inclusive que usar as mãos, os pés e os joelhos. No entanto, ele logo se ergueu. Mais ou menos no meio do caminho do alto da colina, havia um caramanchão que tinha sido construído pelo Senhor da Colina para o descanso dos viajantes. Cristão se dirigiu para lá, portanto. Sentou-se para descansar, tirou de seu peito o pergaminho e se pôs a ler suas palavras de conforto enquanto reexaminava o traje que recebera quando se aproximou da cruz. Assim, fruindo por algum tempo do prazer que isso lhe dava, acabou cochilando; depois, mergulhou num sono profundo, que o deteve naquele lugar até quase o início da noite. Enquanto dormia, o pergaminho caiu de sua mão. Durante seu sono, alguém chegou perto dele e o despertou dizendo:

"Encontre um formigueiro, preguiçoso, observe a conduta da formiga e seja sábio!". Ao ouvir isso, Cristão despertou, levantou-se de súbito e, acelerando o passo, chegou rápido ao topo da colina.

Assim que o alcançou, encontrou dois homens que corriam de forma alucinada em sua direção, como se fossem atropelá-lo. O nome de um era Medroso, e o do outro, Desconfiança. Cristão perguntou-lhes: "Senhores, por que correm na direção errada, quer dizer, recuando, voltando atrás?". Medroso respondeu, dizendo que estavam indo para a Cidade de Sion e que haviam alcançado aquele local difícil. "Mas", ele disse, "quanto mais avançamos, com mais perigos nos deparamos, por isso demos meia-volta e estamos retornando!".

"Sim", disse Desconfiança, "pois, no caminho, bem diante de nós, havia um par de leões... Não sabemos se estavam adormecidos ou despertos... e achamos que, se nos aproximássemos, ficando ao alcance deles, logo nos fariam em pedaços!".

O comentário de Cristão foi o seguinte: "Vocês me deixam com medo, mas para onde posso fugir em busca de segurança? Se volto à minha terra, que está condenada ao fogo e ao enxofre, com certeza, ali morrerei. Se conseguir alcançar a Cidade Celestial, com certeza, estarei seguro lá. Preciso me arriscar. Voltar significa a morte, ao passo que ir adiante significa o medo da morte, mas vida eterna depois. De qualquer maneira, seguirei adiante!".

Assim, Desconfiança e Medroso desceram a colina, e Cristão seguiu seu caminho. Contudo, pensando de novo no que ouvira daqueles homens, ele apalpou o peito em busca de seu pergaminho para recorrer a sua leitura e ser confortado; entretanto, tateou e não o encontrou. Cristão foi tomado, então, por uma grande aflição, e não sabia o que fazer, porque precisava daquilo que costumava lhe proporcionar alívio e do que devia ter sido seu passaporte para a Cidade Celestial. O resultado foi tornar-se presa de uma grande confusão; ele não sabia o que fazer. Por fim, lembrou-se de que havia adormecido no caramanchão situado na lateral da colina; ajoelhando-se, pediu perdão a Deus pela tolice daquele fato e tornou a procurar seu pergaminho. Todavia, por todo aquele caminho de volta, quem poderia descrever de modo suficiente a dor experimentada pelo coração de Cristão? Às vezes, ele suspirava, outras vezes, chorava e, com frequência, repreendia a si mesmo por ser tão tolo a ponto de adormecer naquele lugar, construído apenas para um rápido descanso. Portanto, ele retornou, olhando com atenção para este e aquele lado por todo o caminho que percorria, com a animada esperança de poder achar seu pergaminho, que atuara como um consolador tantas vezes em sua jornada. Assim, ele prosseguiu até rever o caramanchão onde se sentara e dormira; essa visão, porém, só aumentou ainda mais sua dor, fazendo-o recordar a falta que cometera ao adormecer. Dessa forma, retomou seus lamentos acerca de seu sono pecaminoso, dizendo: "Que homem desgraçado eu sou, a dormir durante o dia! A dormir em meio à dificuldade! A ceder aos anseios da carne, a ponto de utilizar aquele local de repouso visando a facilitar as coisas para meu corpo, refúgio que o Senhor da Colina erigiu somente para o alívio dos espíritos dos peregrinos! Quantos passos dei em vão! Assim aconteceu a Israel por seu pecado, e seu povo foi enviado de volta pelo Mar Vermelho... e agora tenho de trilhar essa estrada com sofrimento, estrada que teria podido trilhar com contentamento se não fosse por esse sono pecaminoso. Quão longe já poderia estar no meu caminho a esta hora! E agora tenho de dar todos esses passos por três vezes, quando só havia necessidade de fazê-lo uma: sim, e a noite já se avizinha, pois o dia está prestes a terminar. Oh, eu não deveria ter dormido!".

Nesse meio-tempo, Cristão alcançou o caramanchão de novo, onde sentou-se e chorou por alguns instantes, mas, por fim, tomado pela dor, ele olhou embaixo do assento e avistou seu pergaminho; então, com mãos trêmulas e de forma apressada, ele o apanhou e o guardou junto ao peito de novo. Quem seria capaz de expressar a alegria desse homem no momento em que recuperara seu pergaminho? Afinal, esse pergaminho era o seguro de sua vida e de sua admissão no porto desejado. Assim, ele o conservou junto ao peito, agradeceu a Deus por ter dirigido seu olhar para o lugar onde estava o pergaminho e, com uma mistura de alegria e lágrimas, retomou sua jornada. Oh, e com que agilidade ele subia agora o restante da colina! Porém, antes de completar essa subida, Cristão deparou-se com o pôr do sol, o que o fez, mais uma vez, lembrar-se da futilidade de ter dormido fora de hora; isso resultou no condoer-se consigo mesmo: "Oh, sono de pecado, é por sua causa que, em meio a minha jornada, sou colhido pela noite! Serei obrigado a caminhar sem a luz do sol, e a escuridão cobrirá a trilha sob meus pés, além do que deverei ouvir o ruído de criaturas sombrias por causa de meu pecaminoso sono!".

E agora também recordava a narrativa que Desconfiança e Medroso lhe tinham feito, de como se aterrorizaram ao ver os leões. Cristão dizia a si mesmo: "Essas feras vagueiam à noite à procura de suas presas, e, se toparem comigo no escuro, como me livrarei delas? Como evitar ser despedaçado?".

Assim continuou ele no seu caminho, mas a lamentação por seu erro infeliz foi interrompida quando ele ergueu o olhar e contemplou diante de si um palácio muito imponente, cujo nome era Formoso — ficava bem à beira da estrada.

Vi então em meu sonho que ele se apressou em direção ao palácio, pois talvez fosse possível alojar-se ali. No entanto, ele pouco avançou, e acabou numa passagem muito estreita que distava uns duzentos metros do posto do porteiro; ao olhar atentamente à sua frente enquanto andava, avistou dois leões em seu caminho. "Vejo agora", pensou ele, "os perigos que provocaram o recuo de Desconfiança e Medroso!". Os leões estavam acorrentados, mas ele não viu as correntes. Cristão sentiu medo e também pensou em recuar e voltar, pois tudo que via diante de si era a morte. Todavia, o porteiro no seu posto, cujo nome era Vigilante, percebendo que Cristão havia parado, como se intencionasse voltar, gritou-lhe: "Sua força é tão pequena? Não tenha medo dos leões, pois estão acorrentados, e aí permanecem para testar a fé de quem a tem e revelar aqueles que não têm nenhuma. Conserve-se no meio do caminho, e não será ferido de forma alguma!".

Vi, então, que ele prosseguiu, ainda que estivesse tremendo de medo das feras. No entanto, prestava muita atenção nas instruções do porteiro, e, apesar de ouvir os rugidos dos leões, estes realmente não lhe fizeram nenhum mal. Bateu palmas por seu júbilo e seguiu em frente até chegar e postar-se diante da porta junto a qual estava o porteiro. Cristão dirigiu a palavra ao porteiro: "Senhor, que casa é esta? Será permitido alojar-me aqui esta noite?".

Vigilante respondeu: "Esta casa foi erigida pelo Senhor da Colina, que a construiu para o alívio e a segurança dos peregrinos!". O porteiro também perguntou de onde Cristão viera e para onde estava indo.

Cristão: "Venho da Cidade da Destruição e estou indo para o Monte Sion, mas, como o sol já se pôs, gostaria, se me for permitido, de alojar-me aqui esta noite!"

O porteiro perguntou de onde Cristão viera e para onde estava indo. Cristão respondeu: "Venho da Cidade da Destruição e estou indo para o Monte Sion...".

Vigilante: "Qual é o seu nome?"

Cristão: "Meu nome, agora, é Cristão, embora, a princípio, fosse Destituído de Graça. Descendo da raça de Jafé, a quem Deus persuadirá a habitar nas tendas de Sem."

Vigilante: "Mas por que chegou tão tarde? O sol já se pôs!"

Cristão: "Eu teria chegado aqui mais cedo, porém... homem desgraçado que sou! Dormi no caramanchão que fica em um dos lados da colina. Se não fosse por isso, teria estado aqui muito mais cedo, além do que, durante meu sono, perdi meu sinal de reconhecimento e cheguei sem ele ao alto da colina; em seguida, procurei por ele, mas não o achei, o que me forçou, com o coração angustiado, a retornar ao lugar onde havia dormido, e lá o encontrei... e agora estou aqui."

Vigilante: "Bem, chamarei uma das virgens deste lugar, que, caso aprecie o seu discurso, lhe conduzirá ao restante da família, de acordo com as regras da casa!"

Então, Vigilante, o porteiro, tocou uma campainha, e, ao ouvir o som, apareceu à porta da casa uma linda donzela de aspecto sério, chamada Discreta, que perguntou qual era o motivo de ter sido chamada.

Vigilante respondeu: "Este homem está numa jornada desde que saiu da Cidade da Destruição para seguir até o Monte Sion, mas, como está cansado e já é noite, perguntou-me se poderia alojar-se aqui, hoje; eu lhe disse, então, que a chamaria para que, depois de conversar com ele, você decidisse fazer o que considerasse mais apropriado, inclusive em conformidade com a lei da casa!".

A donzela, então, lhe perguntou de onde era e para onde estava indo, e ele a informou. Também lhe perguntou como tivera acesso ao caminho, e ele disse. A seguir, lhe perguntou o que ele havia visto e com o que se deparara pelo caminho, e ele contou; por fim, perguntou o nome dele, e ele respondeu: "É Cristão, e desejo muito me alojar aqui esta noite, porque percebo que este lugar foi construído pelo Senhor da Colina para o alívio e a segurança dos peregrinos!".

As palavras a fizeram sorrir, mas havia lágrimas em seus olhos. Depois de fazer uma ligeira pausa, ela disse: "Convocarei mais dois ou três membros da família!". Então, ela correu até a porta e chamou Prudência, Piedade e Caridade. Estas, depois de conversarem mais um pouco com ele, o acolheram na família; e outro de seus membros, encontrando-o na entrada da casa, declarou: "Entre, você que é abençoado do Senhor. Esta casa foi construída pelo Senhor da Colina com a finalidade de acolher peregrinos como você!".

Então, Cristão fez uma reverência e os acompanhou ao interior da casa. Depois que ele entrou e se sentou, ofereceram-lhe algo para beber, e todos concordaram que, até que a ceia fosse preparada e servida, alguns deles deveriam engrenar uma conversa em particular com Cristão para tirar o melhor proveito do tempo. Assim, designaram Piedade, Prudência e Caridade para conversar com ele. E foi da forma que se segue que deram início a esta conversa.

Piedade: "Venha, bom Cristão! Uma vez que demonstramos tanto amor para contigo a ponto de recebê-lo em nossa casa esta noite, talvez possamos tirar algum proveito de sua presença conversando contigo a respeito de todas as coisas que lhe ocorreram em sua peregrinação!"

Cristão: "Conte com toda a minha boa vontade para isso. Fico feliz pela excelente predisposição em me ouvir!"

Piedade: "O que, de início, o motivou a recorrer a uma vida de peregrino?"

Cristão: "Fui expulso de minha terra natal por um som medonho em meus ouvidos, quer dizer, que me falava da destruição inevitável que me aguardaria se eu permanecesse naquele lugar."

Piedade: "Mas como aconteceu de você deixar sua terra e ingressar neste caminho?"

Cristão: "É como se fosse a vontade de Deus, porque, quando estava atemorizado com a destruição, não sabia para onde ir; por acaso, surgiu um homem que se dirigiu a mim enquanto eu tremia e chorava. Seu nome é Evangelista. Ele me orientou para a porta estreita, que, sem sua orientação, eu não teria jamais encontrado. E assim fui colocado no caminho que me conduziu diretamente a esta casa."

Piedade: "Mas você não passou pela casa do Intérprete?"

Cristão: "Sim, e lá realmente vi coisas cuja lembrança ficará comigo por toda a minha vida, sobretudo três... como Cristo, a despeito de Satã, mantém sua obra de graça no coração, como o ser humano chega a pecar a ponto de perder a esperança da misericórdia de Deus, e também vi o sonho daquele que em seu sono pensou que o dia do Juízo havia chegado."

Piedade: "Por quê? Escutou-o contar seu sonho?"

Cristão: "Sim, era um sonho horrível; e penso que ouvir o homem narrá--lo afligiu mais dor ao meu coração. Ainda assim, estou feliz por tê-lo feito."

Piedade: "Isso foi tudo o que viu na casa do Intérprete?"

Cristão: "Não, ele me conduziu a um lugar onde me mostrou um palácio imponente e como as pessoas que nele estavam se vestiam com trajes de ouro; e como um homem intrépido surgiu e abriu caminho entre os homens armados que se postavam à porta para mantê-lo no exterior; e como foi instruído a entrar e conquistar glória eterna. Essas coisas, eu acho, realmente arrebataram meu coração. Eu teria ficado na casa daquele bom homem por um ano inteiro se não soubesse que devia seguir em frente."

Piedade: "E o que mais você viu pelo caminho?"

Cristão: "Ah, como vi coisas! Dei alguns passos e avistei alguém que, segundo figurava em minha mente, pendia de uma árvore e vertia sangue; e a mera visão dele fez o fardo que eu carregava às costas — pois eu gemia sob um fardo pesado — cair, e cair por si mesmo, distanciando-se de mim. Foi algo estranho que me aconteceu, pois jamais tinha visto uma coisa assim antes; sim... e enquanto permanecia olhando para o alto, já que não podia deixar de fazê-lo, três criaturas luminosas se dirigiram a mim. Uma delas afirmou que meus pecados tinham sido perdoados; outra me despiu de meus farrapos e me deu este traje bordado; e a terceira marcou-me com o sinal que está na minha fronte e entregou-me este pergaminho selado!". Ao dizê-lo, Cristão retirou o pergaminho que trazia junto ao peito.

Piedade: "Mas você viu mais do que isso, não viu?"

Cristão: "Essas coisas que lhe contei foram as melhores. Vi, porém, algumas outras, como três homens, Simplório, Preguiça e Vaidade, que estavam adormecidos à beira da estrada por onde eu vinha e que tinham grilhões em seus calcanhares. Pense se pude acordá-los... nada! Também vi Falsidade e Hipocrisia saltando o muro para ir, segundo pretendiam, a Sion; no entanto, não demoraram a se perder, apesar do que eu mesmo lhes disse, ao que, de qualquer maneira, não deram crédito. Mas, sobretudo, achei uma tarefa difícil subir esta colina e igualmente difícil me safar da boca dos leões, e, de fato, se não fosse por aquele bom homem, o porteiro na entrada, talvez eu tivesse recuado de novo. No entanto, agora, agradeço a Deus por estar aqui e a vocês por me receberem."

Então, Prudência considerou positivo lhe fazer algumas perguntas, desejosa de obter suas respostas.

Prudência: "Você não pensa, às vezes, na terra de onde veio?"

Cristão: "Sim, mas sentindo vergonha e a abominando. Na verdade, se eu atribuísse importância à terra de onde vim, oportunidades não teriam me faltado para a ela retornar, mas, agora, desejo encontrar uma terra melhor, isto é, uma terra que seja celestial."

Prudência: "Mas não mantém contigo ainda algumas das coisas que lhe são familiares?"

Cristão: "Sim, mas imensamente contra minha vontade, sobretudo meus pensamentos íntimos e carnais, dos quais todos os meus compatriotas, inclusive eu mesmo, extraíamos prazer. Agora, porém, todas essas coisas me afligem, e, pudesse eu escolher minhas próprias coisas, escolheria nunca mais pensar nelas. Entretanto, mesmo quando desejaria estar fazendo o que é melhor, o que é pior me acompanha."

Prudência: "E você não acha, às vezes, que aquelas coisas que em tantos momentos o deixaram confuso foram superadas?"

Cristão: "Sim, mas isso é raro. Entretanto, quando ocorre para mim, significa algo muito valioso."

Prudência: "Você é capaz de se lembrar dos meios pelos quais consegue vencer essas dificuldades?"

Cristão: "Sim, um dos meios é quando penso no que vi na cruz, e outro quando contemplo meu traje bordado; um outro ainda é quando examino o pergaminho que levo junto ao peito; e há ainda um outro recurso, que é quando meus pensamentos se tornam mais calorosos diante da expectativa do lugar para onde me dirijo."

Prudência: "E o que o torna tão desejoso de dirigir-se ao Monte Sion?"

Cristão: "Ora, espero encontrar vivo, naquele lugar, aquele que pendeu morto na cruz, e lá espero me livrar de todas essas coisas que até hoje são para mim uma contrariedade; dizem que lá não há morte e que lá habitarei com a companhia de minha preferência. Com efeito, para dizer-lhe a verdade, eu o amo porque foi graças a ele que fui aliviado do meu fardo, e estou cansado da enfermidade que me é íntima. Desejaria de bom grado e a todo custo estar onde não morrerei mais e junto daqueles que continuamente bradarão 'Santo, santo, santo!'"

Caridade, então, perguntou a Cristão: "Você tem família? É casado?".

Cristão: "Tenho uma esposa e quatro filhos pequenos."

Caridade: "E por que não os trouxe consigo?"

Ao ouvir essa pergunta, Cristão chorou e disse: "Oh, quanto eu gostaria de tê-lo feito! Mas eram todos absolutamente contrários à minha peregrinação!".

Caridade: "Mas você deveria ter conversado com eles e se esforçado para mostrar-lhes o perigo de lá ficarem."

Cristão: "Mas foi o que fiz, dizendo-lhes, inclusive, o que Deus havia me mostrado a respeito da destruição de nossa cidade; mas a eles pareceu que era troça da minha parte, e não acreditaram em mim."

Caridade: "E dirigiu preces a Deus para que abençoasse o aconselhamento que você deu a eles?"

Cristão: "Sim, e isso com muita afeição, pois se pode imaginar quanto minha esposa e meus pobres filhos eram preciosos para mim!"

Caridade: "Mas os informou sobre sua própria dor e sobre seu medo da destruição? Afinal, suponho que, para você, a destruição fosse bastante evidente."

Cristão: "Inúmeras vezes! Podiam, inclusive, perceber meus temores na expressão de minha fisionomia, nas minhas lágrimas e, também, no modo como eu tremia em virtude da apreensão do Juízo que efetivamente pendia sobre nossas cabeças. Mas nada disso bastou para convencê-los a acompanhar-me."

Caridade: "Mas o que alegavam para não lhe acompanhar?"

Cristão: "Bem, minha esposa estava receosa de perder este mundo, e meus filhos estavam entregues aos tolos prazeres da infância. Assim, por uma coisa e outra, a mim deixaram a única possibilidade de peregrinar sozinho."

Caridade: "Mas, com sua vida vã, não sufocou todos os discursos que fazia para convencê-los a vir contigo?"

Cristão: "Realmente, não posso louvar minha vida, pois estou consciente de que cometi muitos erros; nesse sentido, sei também que, por meio de seu comportamento, um homem pode logo destruir aquilo que mediante argumentos ou persuasão ele se empenha em incutir em outras pessoas para o bem destas; todavia, posso ao menos dizer que era muito cauteloso para, utilizando qualquer ação imprópria, lhes dar motivos para torná-los contrários à minha peregrinação. Sim, precisamente por isso, me diziam que eu era demasiado rigoroso e que, por causa deles, negava a mim mesmo pecados nos quais eles não viam nenhum mal. E acho que posso dizer que o que viam em mim que os detinha era o meu grande cuidado de não pecar contra Deus ou fazer qualquer mal ao meu próximo."

Caridade: "De fato, Caim odiava seu irmão porque suas próprias ações eram más, ao passo que as ações de seu irmão eram justas; se a sua esposa e os seus filhos se sentiram ofendidos por você por causa disso, com isso, eles se mostraram insensíveis ao bem, e você libertou sua alma do sangue deles."

Em seguida, vi em meu sonho que permaneceram conversando assim até que a ceia ficou pronta. E, quando ficou pronta, sentaram-se para comer. Na mesa, havia alimentos gordurosos e vinho bem refinado, e toda a conversa girava em torno do Senhor da Colina, sobre o que Ele fizera e por que fizera o que fez, e por que Ele construíra aquela casa. E, pelo que disseram, percebi que Ele tinha sido um grande guerreiro e que havia combatido e matado aquele que dominava o poder da morte, mas isso sem isentá-lo de um grande perigo contra si mesmo, o que me fez amá-lo mais.

"Com efeito, conforme disseram, e eu acredito", disse Cristão, "Ele o realizou com derramamento de muito sangue; contudo, o que introduziu a glória da Graça em tudo o que Ele fez foi o fato de tê-lo feito em virtude de um amor puro que sentia por sua terra!"

Além disso, houve alguns dos integrantes da casa que declararam que o tinham visto e que haviam falado com Ele depois de sua morte na cruz; e atestaram ter ouvido dos próprios lábios Dele que ama tanto os pobres peregrinos que não é possível encontrar ninguém semelhante, ainda que se caminhe do Oriente até o Ocidente.

Ademais, deram um exemplo do que afirmavam: Ele foi destituído de sua glória para que se capacitasse a beneficiar os pobres; e o ouviram dizer e afirmar que não habitaria a Montanha de Sion sozinho. Também disseram que Ele fizera de muitos peregrinos, príncipes, embora por natureza tenham nascido como mendigos e sua origem tenha sido a esterqueira.

Assim, conversaram até tarde da noite e, depois de terem se confiado ao Senhor para a própria proteção, entregaram-se ao descanso. Reservaram ao peregrino um grande dormitório na parte superior da casa, cujas janelas abriam-se para o nascer do sol; o nome do aposento era Paz, e ali ele dormiu até o raiar do dia, quando despertou e cantou:

> Onde estou agora!? É este o amor e o cuidado
> de Jesus pelos homens que são peregrinos!?
> Assim, irá me suprir!? Que eu seja perdoado,
> e já habitarei a porta próxima do Céu!

Então, de manhã, todos se levantaram e, depois de uma rápida conversa, disseram-lhe que ele não deveria partir até que lhe houvessem mostrado as raridades daquele lugar. E, para começar, o fizeram ingressar no estúdio, onde exibiram a ele registros da mais remota Antiguidade. Pelo que me lembro do meu sonho, começaram por mostrar-lhe a genealogia do Senhor da Colina, dizendo que Ele era o filho do Ancião dos Dias[11] e que havia se originado por uma geração eterna. Ali também estavam registrados de forma mais minuciosa os atos que Ele executara e os nomes de muitas centenas de criaturas que havia admitido a seu serviço e a forma como as acomodara em habitações que nem a duração do tempo nem a deterioração natural eram capazes de desfazer.

Depois, leram para ele alguns dos dignos atos realizados por alguns de seus servos e mostraram como estes haviam subjugado reinos, praticado justiça, obtido promessas, paralisado as bocas dos leões, extinguido a violência do fogo e escapado do fio da espada. Fracos se tornavam fortes e, na luta, assomavam valentes e capazes de pôr em fuga os exércitos dos estrangeiros.

Então, continuaram a ler numa outra parte dos registros da casa, onde estava indicado quão predisposto era o Senhor deles para dar Sua Graça mesmo àqueles que, no passado, haviam muito afrontado sua pessoa e sua

---

11. No original, *"Ancient of Days"*. Na Cabala judaica, Ain-Soph, o Absoluto, o Ilimitado; na linguagem religiosa profana, Deus. (N.T.)

conduta. Também ali encontravam-se muitas outras narrativas sobre diversas histórias renomadas, tendo Cristão considerado todas. Havia tanto coisas antigas quanto modernas, e profecias e predições de outras eras que certamente se efetivaram tanto para o terror e espanto dos inimigos quanto para o consolo e o alívio dos peregrinos.

Então, leram para ele alguns dos dignos atos realizados por alguns de seus servos.

No dia seguinte, eles o conduziram ao depósito de armas, e ali lhe apontaram todo tipo de artigo para a luta que seu Senhor tornara disponível aos peregrinos, tais como espadas, escudos, elmos, couraças, calçados que não se desgastam e todas as orações. E havia naquele arsenal o suficiente para equipar tantos homens para o serviço de seu Senhor quanto há estrelas no céu.

Mostraram-lhe ainda ferramentas com as quais alguns de seus servos haviam realizado maravilhas: o cajado de Moisés, o martelo e o prego com os quais Jael matou Sísara, também os cântaros, as trombetas e as candeias com os quais Gideão pôs em fuga os exércitos midianitas. Em seguida, o aguilhão de boi com o qual Sangar matou seiscentos homens e a mandíbula de jumento usada por Sansão em façanhas tremendas. Mostraram-lhe, além disso, a funda e a pedra com as quais Davi matou Golias de Gat, e inclusive a espada com a qual seu Senhor livrará o homem do pecado no dia em que se erguer para a caçada. Além do mais, havia muito de formidável que o agradou.

Depois da visita, voltaram para o seu repouso.

Vi, então, em meu sonho, que, na manhã seguinte, ele se levantou para seguir seu caminho, mas insistiram para que ele ficasse ainda até o próximo dia: "Iremos lhe mostrar, se o dia estiver claro, as Montanhas Deleitáveis", que, segundo diziam, seria uma contribuição adicional ao consolo de Cristão, porque estavam mais próximas do destino almejado do que o lugar no qual ele se encontrava no momento. Ele assentiu e permaneceu com eles. Quando a manhã atingia seu auge, o conduziram ao alto da casa e lhe apontaram o sul, e ele se virou; contemplou, então, a uma grande distância, uma região montanhosa muito agradável de se admirar, embelezada por bosques, vinhedos, árvores frutíferas de todos os tipos, flores em profusão, fontes, tudo para o deleite da visão. Cristão perguntou, então, o nome daquela região ou daquela cidade, ao que responderam que era a terra de Emanuel, acrescentando que, tal como aquela colina onde estavam, era habitada por uma comunidade a favor de todos os peregrinos. "E, quando você chegar lá, dali", alguém lhe disse, "poderá ver a porta da Cidade Celestial que os pastores que ali vivem farão surgir!".

E então Cristão resolveu seguir o seu caminho, e agora queriam que ele o fizesse. "Mas, primeiro", alguém lhe disse, "retornemos ao depósito de armas!". E assim foi feito. Quando ele chegou ali, o equiparam da cabeça aos pés com tudo o que o deixasse impenetrável, pois recearam que ele pudesse vir a ser assaltado no caminho. Estando, portanto, assim equipado, saiu do arsenal com seus amigos dirigindo-se à porta, onde perguntou ao porteiro se este havia visto algum peregrino passar por ali, ao que o porteiro respondeu afirmativamente.

Cristão: "E diga-me, por favor, ele chegou a dizer quem era?"
Porteiro: "Sim! Perguntei seu nome, e ele me disse que era Fiel."
Cristão: "Ora, eu o conheço, é da minha cidade, um vizinho próximo; vem do lugar onde nasci. Em que ponto você acha que ele deve estar a esta hora?"
Porteiro: "A esta hora, deve estar descendo a colina."
Cristão: "Bem, caro porteiro, que o Senhor esteja contigo e que suas bênçãos sejam multiplicadas pela cordialidade que manifestou comigo."

Então, ele seguiu adiante, mas Discreta, Piedade, Caridade e Prudência se dispuseram a acompanhá-lo até o sopé da colina. Assim, continuaram juntos, reiterando seus discursos anteriores até terminar a descida.

E Cristão comentou: "Foi difícil subir, mas agora percebo quão perigoso é descer!".

"Sim", disse Prudência, "é assim mesmo, pois é árduo para uma pessoa descer ao Vale da Humilhação, que é onde estamos agora, e não escorregar no caminho, razão pela qual viemos contigo na descida da colina!".

Depois disso, ele deu início à descida, mas com muita cautela, ainda que tenha dado um passo ou outro em falso.

Vi, então, em meu sonho, que essas boas companheiras, quando Cristão chegou ao sopé da colina, deram-lhe um filão de pão, uma garrafa de vinho e um cacho de uvas secas.

Cristão, por sua vez, prosseguiu em seu caminho.

Todavia, agora, no Vale da Humilhação, ele se viu em grandes dificuldades, pois, mal havia percorrido uma curta distância, avistou um demônio repugnante que vinha pelo campo em sua direção. Seu nome era Apólion. Cristão começou a sentir medo e ponderou se devia recuar ou resistir, mas uma segunda reflexão o conscientizou de que não dispunha de algo que servisse de proteção para suas costas, de modo que concluiu que dar as costas ao demônio seria conceder a este maior vantagem, pois ele poderia feri-lo facilmente se arremessasse dardos. Portanto, resolveu arriscar-se e oferecer resistência. "Afinal", pensou, "se tudo o que posso é salvar a minha vida, a resistência é o melhor recurso!".

Assim, continuou em frente e deu de cara com Apólion. Ora, esse monstro era horrendo de se ver. Seu corpo era coberto de escamas como o de um peixe, do que ele se orgulhava; tinha asas como as de um dragão, patas semelhantes às de um urso; de seu ventre eram expelidos fogo e fumaça, e sua boca era como a boca de um leão. Ao se aproximar de Cristão, olhou-o com uma expressão de desprezo e se dispôs a interrogá-lo.

Apólion: "De onde vens e para onde vais?"

Cristão: "Venho da Cidade da Destruição, que é o lugar de todo o mal, e estou indo para a Cidade de Sion."

Apólion: "Pelo que está dizendo, você é um dos meus súditos, já que toda aquela região é minha, pois eu sou o príncipe e o deus dela. Como pode explicar, então, sua fuga da soberania de seu rei? Se não fosse pela esperança que tenho de que você possa ainda me servir, a minha mão, em um golpe, lhe descerraria, o que lhe prostraria sobre a terra."

Cristão: "Realmente, nasci em seus domínios, porém, servi-lo era árduo, e o salário que me paga não é suficiente para que um homem sobreviva, pois o salário do pecado é a morte. Portanto, quando me tornei adulto e atingi a idade da razão, agi como outras pessoas ponderadas agem, ou seja, observei com cuidado a possibilidade de corrigir-me."

Apólion: "Não há príncipe algum que perderia seus súditos tão facilmente, tampouco eu o perderia. Contudo, considerando as queixas quanto ao serviço e ao salário, você deve se alegrar; aquilo que minha terra supre, neste momento, prometo lhe dar."

Cristão: "Mas já me comprometi com outro príncipe, na verdade, o rei dos príncipes. Como poderia, de modo honesto, retornar contigo?"

Apólion: "Se agiu assim, conforme o provérbio, trocou o mau pelo pior. Mas é de costume acontecer isso, quer dizer, depois de algum tempo a servi-lo, aqueles que isso fizeram escapam dele e retornam a mim... Tudo ficará bem, se agir também assim."

Cristão: "Mas dei a Ele minha palavra e jurei ser a Ele obediente. Como, então, voltar atrás com isso e não ser enforcado como um traidor?"

Apólion: "Você fez o mesmo comigo, mas estou disposto a perdoar a falta, desde que retorne. Dê meia-volta!"

Cristão: "Quando me comprometi contigo, eu era jovem, além do que conto com o fato de o príncipe da bandeira que agora me abriga ser capaz de absolver-me... Sim, inclusive, perdoar o que fiz enquanto estive submisso a ti. Além do mais, Apólion destruidor, para dizer a verdade, gosto de servir a ele, do seu salário, dos seus servos, do seu governo, de sua companhia, e prefiro a terra dele à sua. Então, não perca tempo em tentar me convencer. Sou servo dele e o seguirei!"

Apólion: "Reconsidere, enquanto está com a cabeça fria, o que poderá encontrar nessa senda que está trilhando. Sabe, na maioria dos casos, os servos dele acabam mal porque transgridem regras que são contra mim e meus procedimentos. Quantos deles têm sido mortos de maneira infame! Você prefere servi-lo a servir a mim, ao passo que ele jamais se deslocou de onde está a fim de libertar de nossas mãos alguém que o serviu; quanto a mim, muitas vezes, como o mundo inteiro sabe muito bem, recorrendo ao poder ou à trapaça, libertei aqueles que me serviram fielmente dele e dos seus, que deles se apoderaram. Assim, eu também o libertarei."

Cristão: "Se, no presente, ele deixa de libertar, o faz com o objetivo de testar o amor de seus servos, se estes ficarem com ele até o fim; quanto ao que você disse sobre acabar mal, na avaliação de seus servos, trata-se de suma glória; seus servos não nutrem grande expectativa com relação a uma presente libertação, pois a expectativa deles é receber sua própria glória, e eles a terão quando seu príncipe surgir na sua glória e na glória dos anjos."

Apólion: "Já mostrou infidelidade no seu serviço a ele. Como pensa em obter a recompensa dele?"

Cristão: "Quando, Apólion, eu fui infiel a ele?"

Apólion: "Realmente, você já se mostrou bastante fraco por ocasião de sua partida, quando quase sufocou no Pântano do Desalento; de fato, tentou recorrer a formas equivocadas para se livrar de seu fardo, isso quando deveria ter permanecido com ele até que seu príncipe o tivesse removido de suas costas; com efeito, caiu num sono pecaminoso e perdeu algo que era exclusivo para você; também, por pouco, não foi persuadido a voltar ao avistar os leões; e, quando relatava sua jornada, e o que tinha ouvido e visto, estava intimamente desejoso de se envaidecer com tudo o que diz ou faz."

Cristão: "Tudo isso é verdade, e muito mais que você não mencionou. Mas o Príncipe a quem sirvo e honro é misericordioso e está sempre disposto a perdoar. Todavia, além disso, eu já era vítima de tais debilidades na terra que você governa, pois foi lá que as contraí, gemi sob o fardo delas, mergulhei numa profunda tristeza por causa delas para depois obter o perdão de meu Príncipe."

Apólion irrompeu, então, num acesso de raiva dizendo: "Sou um inimigo desse Príncipe. Odeio sua pessoa, suas leis e seu povo. E aqui vim para opor-me a você!"

Cristão: "Cuidado com o seu comportamento, Apólion, pois estou na Estrada Real, o caminho da Santidade. Portanto, cuidado com a forma como se comporta!"

Ao ouvir essas palavras, Apólion se postou com as pernas bem abertas, ocupando a estrada em toda a sua amplidão, e disse: "No que toca a isso, não tenho absolutamente nenhum medo, e agora prepare-se para morrer, pois juro pela minha caverna infernal que você não irá adiante. Aqui, arrancarei sua alma!". Ao exclamar isso, o demônio lançou um dardo flamejante em direção ao peito de Cristão, mas este empunhava um escudo, com o qual deteve o dardo, afastando o perigo de ser ferido. Daí, Cristão desembainhou a espada, pois percebeu que era hora de agir. Apólion, com semelhante rapidez, se pôs a atirar-lhe dardos da espessura de granizos, que, a despeito de tudo o que Cristão pôde fazer para evitá-los, o feriram na cabeça, em uma mão e em um pé, e isso o levou a recuar um pouco. Diante disso, Apólion prosseguiu lutando com toda a violência, embora Cristão, imbuído de uma nova dose de coragem, tenha resistido tão bravamente quanto pôde. Esse doloroso combate durou mais de meio dia, até Cristão atingir quase o limite de suas forças. Com efeito, é compreensível que, em consequência de seus ferimentos, ele se tornava cada vez mais fraco.

Percebendo sua oportunidade de levar a melhor, Apólion começou a se aproximar do oponente e, numa renhida luta corpo a corpo, desferiu-lhe um vigoroso golpe que o lançou ao solo, fazendo, inclusive, com que a espada lhe escapasse da mão. Então, Apólion exclamou: "Agora, você está em minhas mãos!". Dominado pelo demônio, pois este anunciava sua morte iminente, Cristão, tomado pelo desespero, temeu por sua vida. Porém, como era a vontade de Deus, quando Apólion estava prestes a aplicar o seu golpe derradeiro, o golpe de misericórdia, extinguindo de vez a vida daquele bom homem, Cristão estendeu o braço com agilidade na direção de sua espada e, a empunhando, disse: "Não se arvore contra mim, oh, meu inimigo! Quando caio, não demoro a erguer-me!". Depois de dizer isso, acertou-lhe um golpe mortal, que fez Apólion recuar como alguém que tivesse recebido uma ferida fatal. Quando Cristão percebeu que o demônio estava ferido, investiu contra ele dizendo: "Em todas essas coisas somos mais do que vencedores através daquele que nos amou!". De imediato, Apólion abriu suas asas de dragão e alçou voo com velocidade, e Cristão não o viu mais.

Nesse combate, ninguém seria capaz de imaginar, a menos que houvesse visto e escutado como eu vi e escutei, os berros e urros hediondos emitidos por Apólion durante todo o tempo da luta; eram os sons produzidos por um dragão; ele, por assim dizer, falava como um dragão. Enquanto isso, por outro lado, que suspiros e gemidos emergiam do coração de Cristão! Em momento algum, no período total que durou a luta, o vi exibir uma fisionomia descontraída e tranquila, enquanto não percebeu que havia ferido Apólion com sua espada de dois gumes; só então sorriu e ergueu o olhar para o alto. Foi, porém, o espetáculo mais espantoso a que já assisti.

Assim, finda a batalha, disse Cristão: "Agradecerei aqui àquele que me livrou da boca do leão; àquele que realmente me amparou contra Apólion!". E assim ele fez, dizendo:

> Grande Belzebu, o capitão desse demônio,
> minha ruína planejou e, assim, com esse propósito,
> armado e equipado, o enviou,
> e o demônio, com uma ira que era infernal,

a mim, de forma sanguinária, atacou.
Mas o abençoado Miguel me auxiliou, e eu,
por meio da espada, em fuga o pus rapidamente.
Portanto, que a ele eu renda permanente louvor,
e agradeça e abençoe sempre seu santo nome.

Então, surgiu diante dele uma mão que trazia algumas das folhas da Árvore da Vida. Cristão as tomou e as aplicou nos ferimentos sofridos no combate, e imediatamente os ferimentos foram curados. Também ali sentou-se para comer pão e beber da garrafa que a ele fora dada pouco antes. Assim, recuperadas as suas forças, ele retomou sua jornada. Empunhava a espada, pois dizia a si mesmo: "Não sei, mas é possível que algum outro inimigo esteja à espreita!". Entretanto, por todo o vale, não deparou mais com Apólion.

Ora, ao fim daquele vale havia outro, cujo nome era Vale da Sombra da Morte, e Cristão precisava atravessá-lo, porque o caminho que se dirigia à Cidade Celestial passava por ele. Era um lugar muito deserto. O profeta Jeremias o descreve nos seguintes termos: "Região erma, terra desértica, repleta de covas, uma terra árida e da sombra da morte, uma terra que ninguém — exceto um cristão — atravessa, e onde ninguém habita...".

Como se verá na sequência, nesse vale, Cristão se expôs a mais perigo e foi mais colocado à prova do que na sua luta contra Apólion.

Vi então em meu sonho que, quando Cristão alcançou a fronteira da Sombra da Morte, encontrou dois homens, os quais eram filhos daqueles outros homens que forneceram informações erradas acerca da boa terra. Apressavam-se em retornar. Cristão se dirigiu a eles e perguntou: "Para onde estão indo?".

Um dos homens disse: "De volta, de volta! E, se você tem consideração por sua vida e almeja a paz, recomendo que faça o mesmo!".

Cristão: "Por quê? Qual é o problema?"

Outro homem: "Qual é o problema? Íamos pelo mesmo caminho que você e fomos até onde nossa coragem permitiu. Mas ainda bem que voltamos, pois, se avançássemos um pouco mais, não estaríamos aqui para lhe dar a notícia!"

Cristão: "Mas com o que toparam?"

Um dos homens: "Estávamos quase no Vale da Sombra, mas, por um golpe de sorte, olhamos à frente e vimos o perigo antes de nos tornar vítimas dele."

Cristão: "Mas o que viram?".

Outro homem: "O que vimos? Ora, o próprio vale, que é tão negro quanto o piche. Também nele vimos os duendes, os sátiros e dragões das profundezas; nesse vale também ouvimos um uivo e berros contínuos, como se fosse de um povo submetido a um sofrimento indizível que ali estivesse aprisionado com as correntes da aflição e dos ferros; além disso, sobre esse vale pairam as nuvens desalentadoras da confusão. A morte, inclusive, distende sem parar suas asas sobre ele... Em resumo, é medonho em todos os aspectos e não tem nenhuma ordem!"

Cristão: "Não entendi ainda muito bem o que me contaram, mas o fato é que este é o meu caminho para o porto almejado."

Um dos homens: "Que seja o seu caminho, mas nós não o escolheremos como nosso!"

Assim, eles se separaram, e Cristão prosseguiu, ainda empunhando sua espada, pois temia ser atacado.

Vi depois, ainda em meu sonho, que por toda a extensão daquele vale havia, do lado direito, um fosso profundíssimo; esse fosso é aquele ao qual, em todas as épocas, os cegos conduziram os cegos, tendo ambos, os primeiros e os segundos, perecido nele miseravelmente. E, do lado esquerdo, havia um pântano perigosíssimo, no qual, mesmo se um homem bom cair, não encontrará nenhum fundo que sirva de apoio ao seu pé. Foi nesse pântano que o Rei Davi uma vez realmente caiu, e ele teria, sem dúvida, morrido sufocado se Aquele que tem o poder não o tivesse tirado dali.

O caminho ali era, inclusive, extremamente estreito; por isso, o bom Cristão avançava com bastante cautela; com efeito, no momento em que procurava, no escuro, esquivar-se do fosso de um lado, se expunha ao perigo de precipitar-se na lama do pântano, ao passo que, no momento em que procurava evitar o lodaçal, se não tivesse muito cuidado, se expunha a cair no fosso. Assim prosseguiu ele, e eu ouvia seus suspiros amargos, pois, além dos perigos mencionados, o caminho ali era tão escuro que, com frequência, quando erguia o pé para seguir adiante, ele não sabia onde ou sobre o que deveria pisar.

Mais ou menos no meio desse vale, vi o que era a boca do inferno, enquanto a trilha lateral também oferecia uma possibilidade mínima de passagem. Cristão pensou consigo: "O que farei?". E, de vez em quando, as chamas e a fumaça dali emergiam com tal intensidade e abundância, lançando centelhas e emitindo ruídos horrendos (coisas contra as quais, diferentemente do caso de Apólion, a espada de Cristão era inútil), que ele se viu forçado a pôr sua espada na bainha e recorrer a outra arma, chamada "Oração", de modo que o ouvi gritar: "Oh, Senhor, suplico que liberte minha alma!".

Andando e orando, avançou um longo trecho, embora ainda perseguido pelas chamas que vinham em sua direção; também ouvia vozes repletas de angústia e movimentos precipitados para cá e para lá, que o levavam a pensar que poderia ser despedaçado ou pisoteado como a lama das ruas. No entanto, essa visão medonha foi por ele contemplada, e esses ruídos horríveis ouvidos por muitos quilômetros, até que ele chegou a um local onde teve a impressão de ouvir um alarido de um grupo de demônios que avançava em sua direção. Deteve-se e se pôs a pensar sobre o que tinha de melhor a fazer. Às vezes, lhe vinha à mente a ideia de voltar; pensava, porém, que talvez já houvesse atravessado a metade do vale; além disso, lembrou-se de como superara antes muitos perigos e que o perigo resultante de seu retorno poderia ser muito maior do que seguir adiante. Decidiu, então, continuar. Entretanto, parecia que os demônios se aproximavam cada vez mais. Todavia, quando estavam bem próximos dele, Cristão bradou da forma mais veemente que pôde: "Caminharei na força do Senhor Deus!". Diante disso, os demônios recuaram e não avançaram mais.

Há algo que não quero deixar de mencionar. Notei que, nesse momento, o pobre Cristão se encontrava tão confuso que não reconhecia a própria voz. E percebi isso da forma que passo a descrever: precisamente quando ele alcançou um trecho diante da abertura do fosso ardente, um dos malignos postou-se atrás dele, aproximou-se com jeito e, aos murmúrios, lhe sugeriu ao ouvido muitas blasfêmias horríveis, que Cristão não duvidava terem se originado em sua própria mente. Isso tornou a situação mais difícil do que todas as que já havia experimentado; estar agora blasfemando contra Aquele a quem ele amara tanto... Decerto, se pudesse evitá-lo, jamais o teria feito... Entretanto, a ele faltava o discernimento tanto para tapar os ouvidos quanto para descobrir a origem das blasfêmias.

Depois de ter viajado em desânimo por um tempo considerável, Cristão pensou ter ouvido a voz de um homem, como se este estivesse caminhando diante dele, dizendo: "Ainda que eu caminhe pelo Vale da Sombra da Morte, não temerei nenhum mal, pois você está comigo...".

Isso lhe transmitiu muito contentamento pelas seguintes razões...

A princípio, porque aquilo o levou a concluir que alguém que temia a Deus também estava naquele vale, assim como ele.

Depois, porque percebeu que Deus estava com eles, embora se encontrassem naquele estado sombrio e desanimador. E ele pensava: "E por que isso não deve dizer respeito também a mim? Não importa se, em razão dos percalços deste lugar, eu não consiga vê-lo!".

Além disso, ele achava que, se conseguisse alcançá-lo, teria companhia. Assim, prosseguiu e chamou quem caminhava à sua frente, que ficou surpreso e não sabia o que dizer, pois ele também imaginava estar sozinho. E logo rompeu o dia, e então Cristão disse a si mesmo: "Ele transformou as sombras da morte em manhã…".

E então, com o romper da aurora, ele lançou um olhar às suas costas, não desejoso de retornar, mas para ver, à luz do dia, por quais perigos passara na escuridão. Desse modo, viu com maior precisão o fosso que ficava de um lado e o pântano do outro lado; pôde ver também quão estreita era a passagem que havia entre eles. Mas conseguia ver também os duendes, os sátiros e os dragões das profundezas, porém, todos a distância, pois, com o raiar do dia, eles não se aproximavam; tinham, todavia, sido descobertos por ele, de acordo com o que está escrito: "Ele descobriu coisas profundas tirando-as do seio da escuridão e trouxe à luz as sombras da morte…".

Cristão experimentava agora uma intensa emoção por ter sido libertado de todos os perigos que o haviam espreitado em seu caminho solitário, perigos que, embora lhe houvessem transmitido maior temor antes, eram contemplados por ele nesse momento com maior clareza, porque a luz do dia os revelava.

O sol, agora, nascia, o que era para Cristão mais um ato de misericórdia, pois deve-se observar que, embora a primeira parte do Vale da Sombra da Morte fosse perigosa, essa segunda parte que ele deveria ainda atravessar era, se isso fosse possível, muito mais perigosa, pois, a partir do lugar onde ele agora estava até o fim do vale, o caminho todo era tão repleto de ciladas, armadilhas, alçapões e redes insidiosas, e tão cheio de fossos, covas, buracos profundos e locais em declive, que, se estivesse então escuro, como estava ao longo do seu percurso na primeira parte do caminho, se tivesse ele mil almas, teriam sido todas, em função disso, perdidas. Contudo, como eu disse, naqueles instantes, o sol nascia. E nesse momento ele disse: "Sua lamparina irradia luz sobre minha cabeça e, mediante sua luz, atravesso a escuridão!".

Então, sob essa luz, ele alcançou o fim do vale.

Vi, em meu sonho, que no fim daquele vale jaziam sobre o solo sangue, ossos, cinzas e corpos mutilados de seres, inclusive de peregrinos que haviam trilhado esse caminho antes; e enquanto eu refletia sobre qual seria a razão disso, avistei logo adiante de mim uma caverna, onde Papa e Pagão, dois gigantes, habitavam outrora; fora graças ao poder e à tirania desses gigantes que os homens, cujos ossos, sangue, cinzas e restos jaziam na terra, haviam sido executados de forma cruel. No entanto, Cristão passou por esse lugar sem se expor a muito perigo, algo que me causou surpresa. Contudo, eu soube depois que Pagão havia morrido tinha muito tempo, e quanto ao outro gigante, embora ainda estivesse vivo, por conta de sua idade e também de muitas agudas batalhas de que participara quando mais jovem, tinha se tornado tão mentalmente perturbado e havia ficado com as juntas dos ossos tão rígidas que tudo que podia fazer agora era pouco mais do que se sentar na abertura da caverna e exibir um arreganhado sorriso entre dentes para os peregrinos que passavam, isso a roer as unhas em meio a impotência de ir até eles.

Assim, eu vi que Cristão prosseguiu em seu caminho, ainda que observado pelo ancião sentado na abertura da caverna. Cristão não conseguia definir o que pensava a respeito disso, sobretudo porque o homem lhe dirigira a palavra, já que não podia se aproximar, dizendo em voz alta: "Você jamais irá se corrigir até mais uma porção sua ser queimada!". Todavia, Cristão não se deixou perturbar; ele passou a uma certa proximidade do velho gigante, ileso. Então, pôs-se a cantar.

> Ó, mundo de maravilhas! Que mais posso dizer?
> Preservado que fui do tormento
> com o qual aqui topei! Abençoada seja
> aquela mão que dele me livrou!
> Perigos da escuridão, demônios, o inferno e o pecado
> a mim cercaram enquanto eu nesse vale estava.
> Sim, ciladas e fossos, e armadilhas e redes insidiosas
> estiveram a circundar minha senda,
> e, se um mísero tolo fosse eu,
> poderia ter sido apanhado, enredado e abatido;
> e se eu vivo, que a Jesus se renda sua coroa de glória.

Seguindo adiante, Cristão atingiu um trecho onde havia um ligeiro aclive, que ali estava para que os peregrinos pudessem ter uma visão panorâmica do que havia à frente. Portanto, Cristão tomou esse caminho meio ascendente e, do seu ponto mais elevado, avistou Fiel adiante, que também fazia sua jornada. Cristão gritou "Olá, olá! Aguarde que lhe farei companhia!". Fiel olhou para trás, ao que Cristão replicou com um novo grito: "Aguarde, aguarde até que eu consiga alcançá-lo!". Mas Fiel retrucou: "Não! Minha vida está em jogo, e o vingador sanguinário está em meu encalço!". Ao ouvir isso, Cristão ficou um tanto comovido e, elevando suas forças ao limite, não tardou a alcançar Fiel, inclusive, o ultrapassou, de modo que o último se tornou o primeiro. Assim, Cristão sorriu com vaidade pelo fato de ter ultrapassado seu irmão, mas, por não prestar atenção onde firmava o pé, subitamente cambaleou e caiu, e foi impossível levantar-se até que Fiel se aproximasse para ajudá-lo.

Vi então, em meu sonho, que ambos se puseram a andar unidos pelo amor, conversando sobre todas as coisas que lhes havia acontecido em sua peregrinação de modo muito amável. Cristão disse: "Meu honrado e amado irmão Fiel, estou feliz por tê-lo alcançado e por Deus haver incutido moderação em nossos espíritos, para que pudéssemos viajar como companheiros neste caminho tão agradável!".

Fiel: "Havia pensado, caro amigo, em tê-lo como companheiro desde a partida de nossa cidade, mas você se adiantou em relação a mim. Por isso, fui forçado a cobrir essa grande parte do caminho sozinho!"

Cristão: "Por quanto tempo você permaneceu na Cidade da Destruição antes de começar a caminhar atrás de mim em sua peregrinação?"

Fiel: "Até não conseguir continuar mais, pois houve muita discussão, logo depois de sua partida, sobre o fato de a nossa cidade ser, a curto prazo, reduzida a cinzas pelo fogo proveniente do céu."

Cristão: "O quê? Seus vizinhos discutiram isso?"

Fiel: "Sim. Por algum tempo, isso foi objeto do comentário de todos."

Cristão: "Mas por que só você saiu de lá a fim de escapar do perigo?"

Fiel: "Embora tenha havido, como eu disse, muita discussão em torno do assunto, não acho que acreditassem firmemente nisso. Com efeito, no ardor da discussão, ouvi alguns deles se referirem a você e à sua desesperada viagem em tom de zombaria, pois assim qualificavam sua peregrinação. Eu, no entanto, acreditei e continuo acreditando que o fim de nossa cidade se dará pelo fogo e o enxofre caídos do céu. Por isso, tratei de escapar."

Cristão: "Não ouviu nenhum comentário sobre o vizinho Tolerante?"

Fiel: "Sim, Cristão, soube que ele seguiu você até chegar ao Pântano do Desalento, no qual, conforme disseram, ele caiu. Contudo, ele não quis admitir que isso havia acontecido, embora eu esteja certo de que deva ter acontecido, pois ele estava completamente tomado por aquela sujeira!"

Cristão: "E o que os vizinhos disseram a ele?"

Fiel: "Desde que ele voltou, tornou-se objeto de muita zombaria, e isso da parte de todos os tipos de pessoas; algumas zombam dele e o desprezam. Ele está enfrentando muita dificuldade para encontrar trabalho; teria sido mil vezes melhor, para ele, não ter saído da cidade."

Cristão: "Mas por que cobram tanto dele quando, por outro lado, desprezam o caminho do qual ele desistiu?"

Fiel: "Ora, chegam ao ponto de dizer que ele deveria ser enforcado, esse vira-casaca volúvel que não foi fiel ao seu ofício... coisas assim. Penso que Deus estimulou até os inimigos dele a persegui-lo e transformá-lo num exemplo de quem desiste do próprio caminho."

Cristão: "Você não conversou com ele, antes de sair da cidade?"

Fiel: "Eu o encontrei uma vez na rua, mas ele me olhou de soslaio e se afastou, como alguém que sente vergonha do que fez. Por isso, não falei com ele."

Cristão: "Bem, quando partimos, eu nutria esperanças em relação a esse homem. Porém, agora, receio que ele irá perecer com a destruição da cidade, pois lhe ocorreu o que é indicado pelo provérbio: o cão retorna ao seu vômito, e a porca que foi lavada volta a se espojar na lama!"

Fiel: "Também sinto o mesmo em relação a ele. Contudo, quem pode impedir os acontecimentos futuros?"

Cristão: "Bem, vizinho Fiel, vamos deixá-lo de lado e falar de coisas que dizem respeito a nós de forma mais imediata. Conte-me, agora, com o que se deparou no caminho pelo qual veio, pois sei que passou por algumas coisas. Eu ficaria espantado se você não tivesse se deparado com nada."

Fiel: "Escapei do pântano, no qual, pelo que percebo, você caiu, e consegui chegar à porta me safando desse perigo. Só encontrei alguém, cujo nome era Devassa, disposta a me causar mal."

Cristão: "Ainda bem que escapou da rede dela. José foi duramente posto à prova por ela e, como você, escapou, mas foi como se lhe tivesse custado a vida. Mas o que ela fez a você?"

Fiel: "Embora possa fazer alguma ideia, você nem pode imaginar como sua língua é capaz de um discurso labioso e lisonjeiro. Ela queria me convencer, a todo custo, a retornar com ela, prometendo-me todo tipo de prazer."

Cristão: "Mas o prazer de uma consciência limpa ela não lhe prometeu."

Fiel: "Sabe o que quero dizer… todos os prazeres da carne, sexuais…"

Cristão: "Graças a Deus que escapou dela. Aquele que é abominado pelo Senhor se precipitará no fosso dela!"

Fiel: "Não sei se escapei totalmente dela ou não."

Cristão: "Como? Espero que não tenha cedido aos desejos dela!"

Fiel: "Não! Não me corrompi porque me lembrei de ter lido num velho escrito o seguinte: 'Os passos dela ganham o inferno!'. Consequentemente, fechei os olhos porque não queria ser enfeitiçado por seu olhar. Então, ela me insultou, mas eu prossegui em meu caminho!"

Cristão: "Não foi alvo de nenhum outro assalto em sua jornada?"

Fiel: "Ao chegar ao sopé da colina chamada Dificuldade, encontrei um ancião que me perguntou quem eu era e para onde eu ia. Eu lhe disse que era um peregrino que viajava rumo à Cidade Celestial. Então, o ancião me disse: 'Você parece um homem honesto… Ficaria feliz em morar comigo por um salário?'. Perguntei-lhe, então, o seu nome e onde morava. Ele me contou que seu nome era Adão, o primeiro, e que morava na Cidade do Engano. Perguntei-lhe, então, qual era o seu trabalho e que espécie de salário me pagaria. Ele me disse que seu trabalho era o gozo de muitos deleites e que meu salário consistiria em ser seu herdeiro. Perguntei a ele também que tipo de casa mantinha e quais eram os seus outros servos. Ele me disse que sua casa era mantida com todas as iguarias do mundo e que os que o serviam eram de sua própria estirpe.[12] Perguntei, então, se ele tinha algum filho, ao que respondeu que tinha apenas três filhas, a sensualidade da carne, a sensualidade

---

12. No original, *"of his own begetting"*; literalmente, "de sua própria geração" ou "gerados por si próprio". (N.T.)

dos olhos e a soberba da vida, e que eu poderia me casar com todas elas, se quisesse. Perguntei por quanto tempo queria que eu vivesse com ele, e ele respondeu 'Por toda a eternidade!'"

Cristão: "Bem, e a que conclusão, afinal, você e o ancião chegaram?"

Fiel: "A princípio, me senti um tanto inclinado a aceitar a proposta daquele senhor, por considerar que ele fizera um belo discurso. Mas, olhando na sua fronte enquanto falava com ele, pude interpretar o que ali estava escrito, ou seja, 'Rejeita o ancião e também os seus atos!'"

Cristão: "E depois?"

Fiel: "Então, me veio à mente, de forma contundente, que não importava o que ele dissera nem quão lisonjeiro fosse... se me conduzisse à sua casa, ele me venderia como um escravo. Por isso eu lhe pedi que desse um fim ao seu discurso, pois eu sequer me aproximaria da porta de sua casa. Nesse momento, ele me cobriu de insultos e disse que mandaria alguém em meu encalço, alguém que faria minha jornada destilar amargura em minha alma. Eu me virei, então, para me afastar dele, mas, no momento em que me virei para sair de perto, senti seus braços envolverem meu corpo, e ele me puxou para trás com tamanha violência que tive a impressão de que havia arrancado um pedaço de mim. Gritei 'Oh, homem desprezível!', desvencilhei-me e segui meu caminho, subindo a colina. Quando já havia percorrido metade do caminho ascendente, olhei para trás e vi alguém que me perseguia, célere como o vento, de modo que me alcançou no lugar onde está localizado o banco."

Cristão: "Foi exatamente nesse banco que me sentei para descansar, mas, vencido pelo sono, perdi o pergaminho que trazia junto ao peito."

Fiel: "Ora, bom irmão, escute-me. Tão logo aquele homem me alcançou, sem dizer uma palavra, me golpeou e prostrou-me por terra, deixando-me ali deitado como se eu estivesse morto. Mas, embora eu estivesse bastante atordoado, me recuperei o suficiente para lhe perguntar por que havia me tratado daquela maneira. Ele me respondeu dizendo que era porque ele nutria secretamente uma inclinação por Adão, o primeiro. Mal acabara de dizer isso, ele me aplicou outro golpe violentíssimo no peito, que fez com que eu ficasse estendido novamente sobre o solo... agora, me encontrava aos seus pés, mais uma vez deitado como um morto. No entanto, ainda consegui reunir minhas últimas forças para lhe suplicar que tivesse misericórdia. Ele me disse, porém, que não sabia como ter misericórdia, e então me agrediu violentamente pela terceira vez. Ele teria, sem dúvida, me matado, se não tivesse chegado uma pessoa que lhe ordenou que parasse..."

Cristão: "E quem era essa pessoa?"

Fiel: "Num primeiro momento, não consegui reconhecê-lo, mas, ao observar seus movimentos, vi os furos em suas mãos e no seu flanco, e concluí que era nosso Senhor. Levantei-me, então, e subi caminhando pelo restante da colina."

Cristão: "Esse homem que lhe atingiu era Moisés. Ele não poupa ninguém, nem sabe ser misericordioso com aqueles que transgridem sua lei."

Fiel: "Eu o conheço muito bem. Não foi a primeira vez que se encontrou comigo. Foi ele que veio a mim quando eu vivia numa morada segura e me disse que incendiaria minha casa, comigo dentro dela, se eu nela permanecesse."

Cristão: "Mas você não viu a casa situada ali no alto da colina, do lado que Moisés lhe encontrou?"

Fiel: "Sim, e também os leões antes de chegar a ela. Entretanto, os leões... acho que dormiam, pois passei por ali por volta de meio-dia... e, como havia ainda muita luz do dia à minha volta, passei pelo porteiro e desci a colina."

Cristão: "Realmente, ele me informou que o viu quando passou por lá, mas gostaria que você tivesse visitado aquela casa, pois teriam lhe mostrado tantas preciosidades que dificilmente você se esqueceria delas até o dia de sua morte. Mas, por favor, me conte uma coisa... Você não encontrou ninguém no Vale da Humilhação?"

Fiel: "Sim, encontrei um tal de Descontente, que queria me convencer, com insistência, a retornar com ele. Alegou, como razão para isso, o fato de o vale ser totalmente destituído de honra. Acrescentou que ir por aquele vale significava desobedecer a todos os meus amigos... Orgulhoso, Arrogante, Presunçoso, Mundano e outros que ele conhecia, os quais, segundo ele, ficariam muito ofendidos se eu me fizesse de tolo a ponto de atravessar por aquele vale."

Cristão: "E o que você disse a ele?"

Fiel: "Eu lhe disse que, embora todos aqueles que ele citara pudessem afirmar ter parentesco comigo, considerando que de fato eram meus parentes do ponto de vista físico, como eu havia me tornado um peregrino, eles haviam me repudiado, assim como eu também os repudiei. Por consequência, eles são para mim, agora, não mais do que pessoas que nunca pertenceram à minha estirpe. Eu lhe disse, além disso, que, no que dizia respeito àquele vale, ele havia me fornecido uma impressão totalmente falsa dele, pois a humildade antecede a honra, e um espírito soberbo antecede uma queda. Portanto, eu disse que preferia atravessar o vale, rumo à honra julgada como tal pelos mais sábios, a ter de escolher aquela honra que ele considerava sumamente digna de nossas paixões."

Cristão: "Você não encontrou mais ninguém naquele vale?"

Fiel: "Sim. Encontrei o Envergonhado. Mas, de todos os homens com os quais me deparei em minha peregrinação, a mim, parece que esse não tem um nome condizente com sua personalidade. Os outros teriam parado de falar depois de um ligeiro debate, mas o atrevido Envergonhado não queria de modo algum ficar quieto."

Cristão: "Por quê? O que ele lhe disse?"

Fiel: "O quê? Ele fez suas objeções contra a própria religião. Afirmou que, para um homem, é algo deplorável, baixo e vulgar pensar em religião... disse que escrúpulos de consciência são coisas de mulher, e que um homem exercer vigilância sobre suas palavras e seus procedimentos, de modo a se impedir de ter aquela liberdade ostensivamente viril[13] que os espíritos fortes destes tempos cultivam, o exporia ao ridículo diante de todos. Objetou, inclusive, que, entre os poderosos, os ricos e os sábios, poucos partilhavam da minha opinião... tampouco nenhum deles, até que fossem convencidos de que é uma tolice apegar-se de modo voluntário a isso, sob o risco de tudo perder por algo que ninguém sabe o que é. Prosseguiu nas suas objeções referindo-se à condição e ao estado abjetos e vis daqueles que, enquanto viveram, eram principalmente peregrinos. Apontou, inclusive, a ignorância deles, além da falta de compreensão de todas as ciências naturais. Ele realmente me reteve com sua severa censura, abordando muitíssimas outras coisas além

---

13. No original, *"that hectoring liberty"*, ou seja, próximo à literalidade, aquela liberdade insolente, ameaçadora, ou, ainda, aquela liberdade de fanfarrão, de "macho".

das relatadas por mim aqui, como, por exemplo, que era uma vergonha permanecer sentado choramingando e se lamentando ao ouvir um sermão, e uma vergonha ir para casa suspirando e gemendo... que era uma vergonha pedir perdão ao meu próximo por pequenas faltas ou restituir aquilo que se subtraiu dos outros. Acrescentou que a religião fazia um homem tornar-se estranho aos grandes do mundo em virtude de uns poucos vícios... que ele mencionou mediante nomes mais elegantes... e o fazia ganhar o respeito dos indivíduos inferiores graças à mesma fraternidade religiosa. Por fim, ele me perguntou: 'Isso não é uma vergonha?'"

Cristão: "E o que você disse a ele?"

Fiel: "O que eu disse? A princípio, não soube o que lhe dizer. Realmente, a pressão que ele exercera sobre mim foi tamanha que o sangue me subiu à cabeça, e o Envergonhado tirou proveito disso, tendo praticamente me derrotado. No entanto, por fim, comecei a considerar que aquilo que goza de grande apreço entre os homens é algo abominável para Deus. E pensei comigo: 'Esse Envergonhado me fala sobre o que são os homens, mas nada me revela sobre o que Deus, ou a palavra de Deus, é!'. E pensei, além disso, que, no dia do Juízo Final, não seremos condenados à morte ou à vida com base nos espíritos ostensivamente viris do mundo, mas com base na sabedoria e na lei do Supremo. Portanto, pensei, a palavra de Deus é melhor, e é melhor ainda que todos os homens do mundo sejam contra ela. Entendendo, assim, que Deus prefere sua religião, percebendo que Deus prefere os escrúpulos da consciência, compreendendo que aqueles que se tornam tolos em busca do Reino dos Céus são os mais sábios, e que o homem pobre que ama Cristo é mais rico do que o homem mais importante e mais rico do mundo, que o odeia, eu disse ao Envergonhado: 'Pare! Você é um inimigo de minha salvação. Deverei acolhê-lo contra meu Senhor soberano? Como, então, o olharei no rosto quando Ele chegar? Se agora me envergonhasse de sua conduta e de seus servos, como poderia esperar a bênção?'. Então, tive certeza de que esse Envergonhado é um vilão atrevido. Eu não conseguia me livrar de sua companhia de modo algum. Ele me perseguia, a murmurar continuamente no meu ouvido uma ou outra daquelas fraquezas que se aplicam à religião. Mas, por fim, eu lhe disse que era em vão que continuava na sua tentativa, pois das coisas que ele desdenhava, nelas eu via a suma glória. Assim, acabei por despachar aquela criatura importuna. E, tendo me livrado dele, comecei a cantar:

> As provações às quais esses homens são submetidos,
> por serem obedientes à convocação celestial,
> são múltiplas e apropriadas ao corpo,
> e reiteradamente retornam e se renovam,
> a permitir que agora, ou em algum outro momento,
> sejamos por elas tomados, subjugados e abandonados.
> Oh, que estejam os peregrinos,
> que estejam eles vigilantes,
> e como homens a si mesmos conduzam.

Cristão: "Fico feliz, meu irmão, por você ter resistido a esse vilão tão bravamente, pois, entre todos, como diz, penso que ele tem o nome errôneo; com efeito, é tão atrevido a ponto de nos seguir nas ruas e tentar nos envergonhar perante todas as pessoas, isto é, nos tornar envergonhados do bem. Contudo, se ele próprio não fosse audacioso, jamais tentaria agir como age... De qualquer forma, resistamos a ele, pois, a despeito de todas as suas exibições de bravata, ele exalta o tolo e ninguém mais. 'Os sábios herdarão a glória', disse Salomão, 'enquanto a vergonha será a exaltação dos tolos!'"

Fiel: "Acredito que devamos pedir ajuda a Deus para nos opor à vergonha, o que nos fortaleceria para defender a verdade sobre a Terra."

Cristão: "O que diz faz sentido... Mas você não encontrou mais ninguém naquele vale?"

Fiel: "Não, não, pois eu contei com o brilho do Sol por todo o restante do caminho, tanto nesse vale como no Vale da Sombra da Morte."

Cristão: "Deve ter sido bom para você, tenho certeza, mas as coisas transcorreram de um modo muito diferente para mim. E não durou pouco, pois mal entrei naquele vale e já me defrontei com um terrível combate com o repugnante demônio Apólion. Na verdade, pensei que ele daria cabo de mim, sobretudo quando me derrubou e me prostrou por baixo de si, como se quisesse reduzir-me a pedaços. Além disso, quando ele se lançou sobre mim, minha espada escapou de minha mão, e ele me disse que eu estava sob seu domínio. No entanto, eu bradei por Deus, que me ouviu e me livrou de todos os meus apuros. Em seguida, ingressei no Vale da Sombra da Morte, e me faltou luz durante quase a metade do caminho para atravessá-lo. Pensei mais de uma vez que seria morto ali, mas finalmente rompeu o dia e nasceu o Sol, e eu pude seguir com muito mais facilidade e tranquilidade."

Vi também, no meu sonho, que houve um momento, enquanto avançavam, em que Fiel, olhando casualmente para um lado, avistou um homem cujo nome era Tagarela, o qual caminhava a uma certa distância, paralelamente a eles, pois essa estrada era larga o suficiente para que todos caminhassem. Era um homem alto, que exibia um pouco mais de beleza visto de longe do que quando estava próximo. Fiel se dirigiu a esse homem e disse: "Amigo, para onde vai? Está indo para a Cidade Celestial?".

Tagarela: "É para lá que estou indo!"

Fiel: "Isso é bom. Então, espero que possamos desfrutar de sua boa companhia!"

Tagarela: "Farei companhia a vocês de muito bom grado."

Fiel: "Vamos, então, e caminhemos juntos, gastando nosso tempo em conversas sobre coisas que são proveitosas."

Tagarela: "Conversar sobre coisas boas, com vocês ou com qualquer outra pessoa, muito me agrada, e fico contente por encontrar pessoas que têm propensão para empreender uma tarefa tão positiva quanto esta. Para falar a verdade, há poucas pessoas que se importam em passar o tempo assim enquanto viajam. A maioria prefere falar de coisas inúteis, e isso tem sido um problema para mim."

Fiel: "Isso é algo realmente lamentável, pois quais são as coisas sobre a Terra que são tão dignas do emprego da língua e da boca dos seres humanos quanto são as coisas do Deus que habita os Céus?"

Tagarela: "Estou gostando imensamente de conversar com você, pois o que diz está carregado de convicção. E eu acrescentaria: o que é tão agradável e tão proveitoso quanto falar das coisas de Deus? E o que existe de tão agradável? Quero dizer, se um homem experimenta prazer com coisas maravilhosas, por exemplo, se extrai prazer de falar a respeito da história ou do mistério das coisas, ou se um homem gosta de falar sobre milagres, maravilhas ou signos, onde encontrará o registro de coisas tão prazerosas, agradáveis e tão docemente redigidas quanto nas Escrituras Sagradas?"

Fiel: "É verdade, mas o nosso propósito deveria ser tirar proveito de tais coisas das quais falamos."

Tagarela: "É o que eu disse, pois conversar sobre tais coisas é extremamente proveitoso, visto que, dessa forma, é possível obter conhecimento sobre muitas coisas, como, por exemplo, a vaidade referente ao que é terrestre e mundano, e o benefício do que é celestial. Isso em caráter geral; no entanto, em particular, trata-se de um instrumento por meio do qual é possível compreender a necessidade do renascimento, a insuficiência de nossas obras, a necessidade da justiça de Cristo, entre outras coisas. Além disso, por intermédio da conversa, é possível aprender, arrepender-se, acreditar, orar, sofrer e coisas similares; com essa ferramenta, também é possível entender quais são as grandes promessas e as consolações do Evangelho para nosso conforto pessoal. Que se acrescente que o diálogo nos ensina como refutar falsas opiniões, defender a verdade e também instruir os ignorantes."

Fiel: "Tudo isso é verdadeiro, e fico feliz que isso tenha partido de você."

Tagarela: "É lastimável, porque a ausência do diálogo é a causa de tão poucos entenderem a necessidade da fé e a necessidade de uma ação de graça em suas almas visando à vida eterna. As pessoas vivem na ignorância no âmbito das ações das leis que ditam que um homem não pode de modo algum conquistar o Reino dos Céus!"

Fiel: "Ora, se me permite, o conhecimento celestial dessas coisas é dom de Deus. Nenhum ser humano as alcança por meio de um esforço humano ou simplesmente conversando sobre elas."

Tagarela: "Sei muito bem de tudo isso, pois um homem nada pode receber exceto o que o Céu a ele conceder. Tudo pertence à graça, não às obras. Poderia indicar a você uma centena de passagens das Escrituras para o confirmar."

Fiel: "Bem, ao que devemos nos ater agora e sobre o que devemos discorrer?"

Tagarela: "Ao que quiser. Conversarei sobre temas celestiais ou terrestres, sobre questões morais ou evangélicas, sobre coisas sagradas ou profanas, sobre situações passadas ou futuras, assuntos estrangeiros ou situações domésticas, questões mais essenciais ou outras circunstanciais, desde que tudo seja feito para o nosso proveito."

A essa altura, Fiel começou a sentir um misto de curiosidade e surpresa e, se aproximando de Cristão, pois este, durante toda essa conversa, caminhava à parte, lhe disse baixinho: "Que admirável companheiro encontramos! Não há dúvida de que esse homem se converterá num excelente peregrino!".

Ao ouvir essas palavras, Cristão esboçou um sorriso e disse: "Esse homem com o qual tanto você tem se ocupado irá enganar, com essa sua língua, vinte pessoas que não o conhecem!".

Fiel: "Então, você o conhece?"

Cristão: "Se o conheço? Sim. Melhor do que ele conhece a si próprio!"

Fiel: "Ora, quem é ele?"

Cristão: "Seu nome é Tagarela, e ele mora em nossa cidade. Estou admirado com o fato de você ser um estranho para ele. Será que nossa cidade é tão grande?"

Fiel: "De quem ele é filho? E onde mora?"

Cristão: "É filho de um tal de Falador e mora na Travessa do Papo-Furado... é conhecido por todos que se familiarizaram com ele pelo nome de Tagarela da Travessa do Papo-Furado. No entanto, apesar de ser muito bom no discurso, não passa de um indivíduo digno de pena, um coitado!"

Fiel: "Bem, ele parece ser um homem muito interessante."

Cristão: "Sim... para aqueles que não estão familiarizados com ele. No exterior, por assim dizer, sua aparência é melhor, mas, quando está próximo de casa, é bem feio. Você dizer que ele é um homem interessante me faz pensar na obra de um pintor cujos quadros parecem belíssimos a certa distância, mas de muito perto desagradam bastante a vista."

Fiel: "Mas, considerando que você sorriu, me disponho a achar que tudo o que faz é gracejar."

Cristão: "Que Deus me livre de zombar disso, embora tenha sorrido, ou de acusar alguém falsamente. Darei a ti uma informação adicional sobre ele: esse homem está aberto a qualquer companhia e a qualquer conversa. Assim como conversou agora contigo, conversará quando estiver sentado no banco da taverna; e quanto mais beber, mais irá verter seu discurso infindável. A religião não está em seu coração, ou em sua casa, ou em sua conversação... tudo o que ele tem é uma língua extremamente ativa, e a religião dele consiste apenas em produzir ruído."

Fiel: "Sério? Então, fui completamente enganado por esse homem!"

Cristão: "Com certeza, foi enganado. Lembre-se do provérbio... 'Dizem e não fazem, mas o Reino de Deus não está nas palavras, e sim no poder!'. Ele fala de oração, de arrependimento, de fé e de renascimento, mas a única coisa que sabe é falar sobre isso. Eu estive junto a sua família e o observei tanto em casa como fora, e sei que o que digo sobre ele é verdadeiro. Sua casa é tão destituída de religião como a clara de um ovo o é de sabor. Ali não há nem oração nem sinal de arrependimento do pecado. Um animal irracional, em sua condição, serve a Deus muito melhor do que ele. Ele é, para todos que o conhecem, a própria mácula, a ignomínia e a vergonha da religião. Em todo aquele extremo da cidade que ele habita dificilmente se encontrará alguém que fale bem dele. Consequentemente, as pessoas comuns que o conhecem dizem que é um santo fora de casa e um demônio dentro de casa. Sua pobre família assim pensa... ele é tão rude, tão sovina, tão insultuoso e tão irracional ao tratar seus servos que eles não sabem como se comportar diante dele ou como lhe dirigir a palavra. Homens que fazem negócios com ele dizem ser melhor lidar com um turco do que com ele, pois com o turco manterão um comércio mais justo. Tagarela, como se isso fosse possível, supera os turcos no que diz respeito a trapacear e enganar. Além disso, ele educa seus filhos para que sigam seus passos, e se descobre em qualquer um deles uma tola timidez, pois é com essa expressão que designa o embrião dos escrúpulos de consciência, os classifica de trouxas e estúpidos... e de modo algum os emprega ou oferece boas referências a terceiros a favor deles. De minha parte, sou da opinião de que, em sua vida perversa, ele levou muitas pessoas à ruína e, se Deus não o impedir, levará à ruína muitas outras mais."

Fiel: "Bem, meu irmão, sinto-me compelido a acreditar nisso não só porque você me diz que o conhece, mas também porque, como um bom cristão, você se informa, e se informa a respeito dos seres humanos. Não consigo pensar que você diz todas essas coisas movido por maledicência, mas o faz porque as coisas são simplesmente como afirma."

Cristão: "Se eu não o conhecesse como o conheço, talvez pensasse dele o que você pensou a princípio. Sim... se eu tivesse recebido essa informação apenas dos que são inimigos da religião, teria pensado tratar-se de uma calúnia, algo que frequentemente sai da boca dos homens maus para ser dirigido aos nomes e às ocupações dos homens bons. No entanto, posso provar, com base em meu conhecimento, que ele é culpado de tudo isso o que relatei e de muitas outras coisas igualmente ruins. Além disso, as pessoas boas têm vergonha dele, são incapazes de chamá-lo de irmão ou amigo. Se o conhecem, a mera menção de seu nome os leva a enrubescer."

Fiel: "Bem, eu entendo que dizer e fazer são duas coisas distintas, e doravante observarei melhor essa distinção!"

Cristão: "São realmente duas coisas, e tão distintas quanto corpo e alma, pois, assim como o corpo sem a alma não passa de uma carcaça sem vida, o discurso isolado sem a ação também não passa de uma coisa morta. A alma da religião é a parte prática. Religião pura e imaculada perante Deus e o Pai envolve visitar os órfãos e as viúvas na sua aflição e conservar-se sem ser contaminado pelo mundo. Tagarela não está ciente disso... ele pensa que ouvir e falar produzirão um bom cristão, com o que engana sua própria alma. Ouvir é apenas a semeadura, e falar não basta para provar que o fruto se alojou realmente no coração e na vida; e estejamos certos de que, no dia do Juízo Final, as pessoas serão julgadas de acordo com seus frutos.[14] Nessa ocasião, não será perguntado 'Você foi fiel?', mas, sim, 'Foste uma pessoa de ação ou apenas um falador?', e será com base nesse critério que as pessoas serão julgadas. O fim do mundo é comparável à nossa colheita, e você sabe que a única coisa considerada por aqueles que colhem é o fruto. Não digo que qualquer coisa possa ser aceita sem fé, mas eu o disse para mostrar-lhe quão insignificante será, nesse dia, a ocupação de Tagarela."

Fiel: "Isso me faz lembrar da forma que Moisés utiliza para descrever o animal irracional que é limpo. É aquele que tem a unha ou o casco fendidos

---

14. Ou seja, suas ações. (N.T.)

e rumina, não aquele que tem apenas a unha ou o casco fendidos ou aquele que apenas rumina. A lebre é ruminante e é imunda porque não tem a unha fendida. Isso realmente é semelhante a Tagarela... ele rumina, ele busca conhecimento, ele rumina a palavra, mas não tem a unha fendida, não rompe com o procedimento dos pecadores, mas como a lebre, retendo a pata de um cão, ou de um urso, com o que ele é imundo!"

Cristão: "Expressou, pelo que conheço, o verdadeiro sentido evangélico desses textos. Adicionarei algo mais. Paulo se refere a determinados homens, incluindo esses grandes tagarelas, como bronze que ressoa e címbalos que tinem, isto é, como ele expõe em outra passagem, coisas inanimadas que só produzem ruído. Coisas inanimadas, isto é, destituídas da verdadeira fé e da graça do Evangelho e, consequentemente, coisas que não serão jamais instaladas no Reino dos Céus entre aqueles que são os filhos da vida, embora o som que produzam com sua conversa seja semelhante ao da língua ou da voz de um anjo."

Fiel: "Bem, a princípio, eu já não estava gostando muito de sua companhia, e agora estou farto. O que faremos para nos livrar dele?"

Cristão: "Aceite meu conselho e faça como lhe oriento. Assim, descobrirá que ele não tardará a se fartar também de sua companhia, a não ser que Deus venha a tocar seu coração a ponto de transformá-lo."

Fiel: "O que me aconselha fazer?"

Cristão: "Vá até ele e inicie alguma discussão séria sobre o poder da religião. Em seguida, pergunte... após sua aprovação, que ele dará... se esse poder está presente em seu coração, em sua casa ou em seu diálogo."

Fiel apressou o passo e aproximou-se de novo de Tagarela, dizendo-lhe: "Bem, ânimo agora! Como está?".

Tagarela: "Estou ótimo, obrigado. Mas penso que já é hora de ingressarmos numa produtiva conversa."

Fiel: "Se é o que deseja, nós o faremos agora mesmo, e como deixou a questão em aberto, me responda o seguinte: como a graça da salvação concedida por Deus se revela quando se encontra no coração do ser humano?"

Tagarela: "Percebo, então, que nossa conversa deve ser sobre o poder das coisas. Bem, é uma excelente questão, e eu a responderei de bom grado. E minha resposta, em poucas palavras, é a seguinte: a princípio, onde a graça de Deus está no coração, ele aí causa um grande clamor contra o pecado; depois..."

Fiel: "Espere! Consideremos um ponto por vez. Penso que deveria, de preferência, dizer que a graça se revela inclinando a alma a abominar seu pecado."

Tagarela: "Ora, que diferença há entre clamar contra o pecado e abominar o pecado?"

Fiel: "Há muita diferença! Alguém pode clamar contra o pecado como um artifício político, mas não ser capaz de aboliná-lo senão em virtude de uma aversão divina a ele. Tenho ouvido muitos sujeitos clamarem contra o pecado no púlpito, os quais, no entanto, são capazes de abrigá-lo suficientemente bem no coração, em sua casa e em suas conversas. A patroa de José clamava em voz alta, como se tivesse sido mulher de grande santidade; entretanto, a despeito disso, de forma voluntária, cometeu atos obscenos com ele. Alguns clamam contra o pecado como uma mãe grita com um filho ou uma filha no colo chamando-o de menino malvado ou de menina desalmada para logo depois abraçá-los e cobri-los de beijos."

Tagarela: "Pelo que percebo, você quer armar uma arapuca para mim."

Fiel: "Não! Tudo o que faço é justificar as coisas. Mas qual é o outro elemento por meio do qual provaria a revelação de uma ação de graça no coração?"

Tagarela: "Um grande conhecimento dos mistérios do Evangelho..."

Fiel: "Esse sinal deveria ter sido o primeiro. No entanto, seja primeiro ou último, é também falso, pois, embora se possa obter grande conhecimento por meio dos mistérios do Evangelho, apesar disso, nenhuma ação de graça ocorre na alma. Na verdade, ainda que um homem venha a acessar e assimilar todo o conhecimento, é possível que, mesmo assim, ele seja um inútil e, portanto, não seja filho de Deus. Quando Cristo perguntou 'Conheceis todas essas coisas?' e os discípulos responderam 'Sim!', ele acrescentou 'Abençoados sois se vós as praticais!'. Ele não abençoa o conhecimento delas, mas, sim, a sua prática. Há, então, um conhecimento que não é acompanhado pela prática: alguém pode conhecer a vontade do seu senhor e não a realizar. Um homem pode ter o conhecimento de um anjo e, todavia, não ser um cristão. Conclui-se que seu sinal não é verdadeiro. Realmente, conhecer é algo que agrada os tagarelas e os orgulhosos, enquanto praticar é o que agrada a Deus.

Isso não significa que o coração possa ser bom sem conhecimento, pois sem ele o coração é nulo. Assim, há conhecimentos e conhecimentos. Há o conhecimento que se conserva na mera especulação das coisas e o conhecimento que é acompanhado pela graça da fé e do amor, o qual impulsiona uma pessoa a realizar a vontade de Deus a partir do coração. O primeiro desses conhecimentos basta para um falador, mas o verdadeiro cristão não se contenta com ele sem o outro. Dê-me entendimento, e eu manterei sua lei e a observarei com positividade de todo o coração!"

Tagarela: "Mais uma vez, me apronta uma armadilha, e isso não é edificante!"

Fiel: "Bem, se for do seu agrado, proponha um outro sinal de como pode ser revelada essa ação da Graça."

Tagarela: "Não farei isso, pois vejo que não haverá acordo entre nós."

Fiel: "Bem, se não quer fazê-lo, pode permitir que eu o faça?"

Tagarela: "Pode fazer uso de sua liberdade!"

Fiel: "Uma ação da Graça na alma revela-se ou para aquele que a tem ou para aqueles que lhe estão próximos. Para aquele que a tem, ocorre da forma que descreverei. Fornece-lhe convicção do pecado, sobretudo da corrupção de sua natureza e do pecado da descrença, em função do qual é certo que será condenado se não encontrar a misericórdia de Deus mediante a fé em Jesus Cristo. Essa visão e esse sentimento em relação às coisas produzem nele dor e vergonha por intermédio do pecado; além disso, ele descobre revelado nele o Salvador do Mundo e sente a necessidade absoluta de unir-se por toda a vida a Ele, pois experimenta fome e sede de seguir a Ele, e a promessa é feita em virtude dessa fome e dessa sede. Ora, a força ou a fraqueza de sua fé em seu Salvador corresponderá à sua alegria e à sua paz, ao seu amor pela santidade, aos seus desejos de conhecê-lo mais e também de o servir neste mundo. No entanto, embora eu afirme que a Graça se revela a ele assim, também posso dizer que raramente ele seria capaz de identificar que se trata de uma ação da Graça, porque suas corrupções e o abuso de sua razão levam sua mente a fazer avaliações ruins nessa matéria. Portanto, naquele em que essa ação ocorre, se requer uma avaliação muito rigorosa antes que ele possa concluir de forma categórica que se trata de uma ação da Graça...

Para os outros, é revelada do modo que descreverei agora. Primeiro, por meio de uma confissão efetiva da própria fé em Cristo; em segundo lugar, por meio de uma vida condizente com essa confissão, isto é, uma vida de santidade... santidade no coração, santidade em família... se ele tiver uma família... e uma conversação imbuída de santidade no mundo, o que, no geral, o ensina intimamente a abominar o seu pecado e, em virtude do seu próprio pecado em segredo, suprimi-lo em sua família e promover a santidade no mundo... não apenas mediante uma conversa, como é possível a um hipócrita ou a um tagarela fazer, mas por meio da prática da submissão, alimentada pela fé e pelo amor ao poder do Verbo. E agora, senhor, se em relação a essa breve descrição da ação da Graça e também de sua revelação tem algo a objetar, vá em frente! Se não for o caso, então, permita que eu proponha a ti uma segunda questão."

Tagarela: "Não, não tenho nenhuma objeção. Não compete a mim, agora, me opor, mas, sim, ouvir. Portanto, permita que eu possa ouvir sua segunda questão."

Fiel: "É a seguinte... Experimentou o que lhe indiquei nessa primeira parte da minha descrição da Graça? E sua vida e suas palavras dão testemunho disso? Ou sua religião consiste apenas em palavras ou no exercício da língua, e não em ação e verdade? Peço-lhe, caso tenha a dignidade de responder a isso, que não diga mais do que aquilo que sabe que será confirmado por Deus... e, inclusive, nada senão o que sua consciência puder justificar, pois não é aquele que tece louvores a favor de si mesmo que é aprovado, mas aquele que recebe o louvor do Senhor. Além disso, afirmar que sou isso e aquilo, quando, por minha conversação, todos os meus vizinhos me dizem que minto, constitui uma grande maldade!"

A essa altura, Tagarela chegou a enrubescer, mas não demorou a recompor-se e, então, replicou: "Vem, agora, com experiência, com consciência e Deus, e recorrer a Ele para justificar o que foi falado. Não esperava esse tipo de discurso nem estou disposto a responder a essas questões, porque não me vejo obrigado a isso, a não ser que você assuma o papel de catequizador... e, mesmo que o faça, ainda assim, posso recusar-me a convertê-lo em meu juiz. Mas rogo que me diga por que me dirige tais questões!".

Fiel: "Porque o vi ir tão longe com as palavras e porque não sabia se, além de teoria, você continha algo mais. Além disso, para dizer-lhe toda a verdade, ouvi falar de você... disseram-me que é um homem cuja religião se resume ao discurso e que seu modo de viver desmente o teor de sua conversação. Dizem que você é uma mácula entre os cristãos e que a religião vai de mal a pior graças ao seu discurso de incrédulo e sua má conduta, a ponto de alguns terem tropeçado ao aderir aos seus procedimentos viciosos e outros correrem o perigo de ser destruído por conta disso. Sua religião, a taverna, a cobiça, a impureza, a blasfêmia, a mentira, o cultivo de companhias ociosas, todas essas coisas andam juntas. Há um dito que se aplica a você que é alusivo a uma prostituta, ou seja, assim como ela envergonha todas as mulheres, você envergonha todos os educadores."

Tagarela: "Visto que está pronto a dar ouvido a todo tipo de informação e a julgar de forma tão precipitada como o faz, só posso concluir que é um indivíduo rabugento ou depressivo, que não tem aptidão para um diálogo. Portanto, me despeço aqui!"

Cristão aproximou-se, então, e disse ao seu irmão: "Foi como lhe contei que aconteceria, quer dizer, é impossível haver concordância entre suas palavras e seus anseios cobiçosos. Ele preferiu dispensar sua companhia a corrigir a própria vida. Mas, como eu disse, ele se foi. Que vá! Não houve perda de ninguém, exceto dele mesmo. E ele nos poupou o trabalho de ter de nos separar dele, pois, se prosseguisse ao nosso lado, como suponho que faria, exibindo a mesma atitude, teria sido apenas para macular a nossa jornada. Que se acrescentem as palavras do Apóstolo: 'Afasta-te de tais pessoas!'"

Fiel: "Mas fico feliz por ter tido essa ligeira conversa com ele, pois pode acontecer de ele vir a refletir sobre ela alguma vez. De um modo ou de outro, conversei de forma clara com ele, então, se ele vier a perecer, não será por minha culpa."

Cristão: "Agiu bem em lhe falar com tanta clareza, como o fez. Hoje em dia, lidar com as pessoas com sinceridade é fato raro, o que faz a religião ser intolerável para muitos, que é o que ocorre. Por isso, há tantos desses tagarelas tolos cuja religião não passa do discurso e cuja conversação é debochada e vã... são os que, admitidos na comunidade dos devotos, conduzem o mundo à queda, mancham a cristandade e afligem as pessoas honestas. Desejaria que todos os seres humanos tratassem seus semelhantes como você o fez. O resultado seria ou se submeterem mais à religião ou à companhia dos santos, o que se tornaria para eles demasiado difícil."

> Quão alto Tagarela, de início, seu penacho ergue!
> Quão corajosamente fala!
> Como presume fazer a todos ante ele se curvarem!
> Tão logo, porém, fala Fiel da ação do coração, semelhante à Lua,
> que, depois de cheia, é minguante;
> para minguante ele vai, como todos irão,
> salvo aquele que conhece a ação do coração.

E assim prosseguiram, abordando o que tinham visto pelo caminho, o que tornou seu trajeto fácil, o qual, de outra forma, teria sido tedioso para eles, pois agora atravessavam uma região desértica e inóspita. E, quando estavam quase para sair dessa região, Fiel, por acaso, lançou um olhar às suas costas e avistou alguém que estava atrás deles, que vinha em sua direção, e ele o conhecia. "Oh!", exclamou Fiel, chamando a atenção de seu irmão, "olha quem vem em nossa direção!" Cristão olhou e disse: "É meu bom amigo Evangelista!". "Sim, e meu bom amigo também", disse Fiel, "pois foi ele que me indicou o caminho para a porta!"

Evangelista os alcançou e os saudou.

Evangelista: "A paz esteja com vocês, caros e amados amigos, e com aqueles que os ajudam!"

Cristão: "Bem-vindo, bem-vindo, meu bom Evangelista! Ver seu rosto me faz lembrar de sua antiga amabilidade e do trabalho incansável em favor do meu bem eterno!"

Fiel: "Mil vezes bem-vindo! Quão desejável é para nós, pobres peregrinos, a sua companhia, doce Evangelista!"

Evangelista: "Como vão as coisas, meus amigos, desde o momento em que nos separamos? Com o que encontraram e qual foi seu procedimento?"

Cristão e Fiel relataram a ele tudo o que havia acontecido com eles no caminho e contaram como e com qual dificuldade haviam chegado àquele lugar.

Evangelista: "Decerto, estou contente não por terem topado com provações, mas por terem saído vitoriosos, e por terem prosseguido, a despeito de muitas fraquezas, no caminho até hoje...

E estou realmente contente em relação a isso tanto por mim quanto por vocês. Eu semeei e vocês colheram, e está próximo o dia no qual tanto aquele que semeou quanto aqueles que colheram se regozijarão juntos, isto é, se permanecerem firmes. Com efeito, no devido tempo, vocês colherão, se não vierem a vacilar movidos pela fraqueza e pela covardia. A coroa está diante de vocês, e ela é incorruptível, então, se estiverem determinados a correr, poderão conquistá-la. Há alguns que se dispõem a correr em busca dessa coroa e, depois de percorrerem um longo trecho rumo a ela e quando estão prestes a alcançá-la, alguém surge e a toma de suas mãos. Permaneçam firmes, portanto, para que ninguém tome a vossa coroa. Vocês ainda estão na mira do demônio. Não resistiram ainda exceto ao sangue na luta contra o pecado. Deixem que o Reino esteja sempre perante vocês e alimentem uma sólida crença no que diz respeito às coisas invisíveis. Que nada deste mundo ingresse em vocês e, sobretudo, vigiem seus próprios corações e os desejos que neles se abrigam, pois estes são sobremaneira enganosos e sumamente viciosos. Sendo a expressão de seus rostos tão rija como o granito, contem com todo o poder do céu e da Terra ao seu lado!"

Cristão o agradeceu por sua exortação, mas lhe disse que, além disso, gostaria que ele, a título de ajuda, lhes falasse mais pelo restante do caminho, até porque eles bem sabiam que Evangelista era um profeta, capaz de lhes revelar coisas que poderiam ocorrer a eles e também dizer como poderiam resistir a elas e superá-las. Fiel fez desse pedido também o seu. Então, Evangelista começou a falar as coisas que se seguem.

Evangelista: "Meus filhos, vocês ouviram, por meio das palavras verdadeiras contidas no Evangelho, que devem passar por muitas atribulações para entrar no Reino dos Céus. E também sabem que, em todas as cidades, obstáculos e aflições os aguardam. Portanto, não podem esperar progredir em sua peregrinação sem essas provações, de uma forma ou de outra. Já encontraram algo que evidencia a verdade disso, e logo haverá mais provas. Agora, como podem perceber, estão quase para sair desta região deserta, de modo que não demorará a ingressarem numa cidade que finalmente surgirá diante de vocês, e nessa cidade serão duramente cercados por inimigos que muito se esforçarão para os matar, e fiquem certos de que um entre vocês, ou ambos, deverá selar o testemunho sustentado por vocês com sangue. No entanto, sejam fiéis até a morte, e o Rei lhes concederá uma coroa de vida. Aquele que lá irá morrer, mesmo que não venha a morrer de morte natural e que seu sofrimento talvez seja intenso, estará em melhor situação do que seu companheiro não só porque chegará mais cedo à Cidade Celestial, mas também porque será poupado de muitos árduos sofrimentos com os quais o outro topará no restante de sua jornada. Porém, quando chegarem a essa cidade, e testemunharem o cumprimento do que aqui relatei, lembrem-se de seu amigo e partam como homens, confiando a guarda de suas almas ao seu Deus na ação do bem, como se estivessem perante um criador fiel."

Vi, então, em meu sonho que, quando saíram daquela região erma e desértica, logo avistaram uma cidade à frente deles, e essa cidade se chamava Vaidade, e nessa cidade havia uma feira denominada Feira das Vaidades, que era mantida o ano todo; ostentava o nome de Feira das Vaidades porque a cidade onde era realizada era mais leviana do que a vaidade, e também porque tudo o que ali era vendido ou que ali chegava era ligado à vaidade. Como disse um sábio, certa vez: "Tudo é vaidade!".

Essa feira não era nova, não era um negócio implantado recentemente. Era uma feira antiga. Falarei, a seguir, de suas origens.

Há quase cinco mil anos, alguns peregrinos se dirigiam constantemente à Cidade Celestial, como faziam agora esses dois honestos homens. E Belzebu, Apólion e Legião, junto a seus companheiros, percebendo pelo trajeto que os peregrinos realizavam que seu caminho rumo à Cidade Celestial passava por essa Cidade da Vaidade, planejaram estabelecer ali uma feira, na qual seriam vendidas todas as formas de vaidade, e a feira duraria o ano inteiro. Portanto, nessa feira, diversas coisas eram comercializadas, tais como casas, terras, profissões, postos, honras, cargos honoríficos, títulos, cidades, reinos, voluptuosidades, prazeres e deleites de todos os tipos, assim como havia prostitutas, cafetinas, esposas, maridos, filhos, senhores, servos, vidas, sangue, corpos, almas, prata, ouro, pérolas, pedras preciosas e muito mais coisas.

Além do mais, nessa feira, podiam ser vistos, em todas as ocasiões, ilusionistas, trapaceiros, homens ardilosos, blasfemadores, jogadores, fanfarrões, macacos e outros animais, patifes e malandros de toda espécie. Ali também podiam ser presenciados, a qualquer instante, furtos, assassinatos, heresias, adultérios e outras coisas sanguinárias.

Quando saíram daquela região erma e desértica, logo avistaram uma cidade à frente deles, e essa cidade se chamava Vaidade, e nessa cidade havia uma feira denominada Feira das Vaidades, que era mantida o ano todo.

E, como em outras cidades de menor importância, havia várias travessas e ruas com nomes próprios, onde diversas mercadorias eram vendidas; também ali havia locais apropriados (vale dizer, por reinos e países) nos quais as mercadorias dessa feira eram muito facilmente encontradas.

Havia a Travessa Britânica, a Travessa Francesa, a Travessa Italiana, a Travessa Espanhola, a Travessa Alemã, entre outras, onde diversas espécies de vaidades eram vendidas. No entanto, como em outras feiras, uma determinada mercadoria e os produtos de um determinado lugar recebiam destaque. Na Feira das Vaidades, a mercadoria de Roma e seus produtos eram facilmente encontrados. Nossa nação, assim como algumas outras, encarava isso com desagrado.

Bem, como eu dizia, o caminho rumo à Cidade Celestial passa precisamente por essa cidade, onde é realizada essa feira voluptuosa; que se acresça a isso que quem se dirige à Cidade Celestial, mas não a atravessa, precisa sair do mundo. O próprio Príncipe dos Príncipes, quando aqui esteve, atravessou essa cidade rumo ao seu próprio país, e isso também num dia de feira. Sim, e, segundo penso, foi Belzebu, o senhor dessa feira, que o convidou para que comprasse suas vaidades; queria fazer dele o senhor da feira desde que o reverenciasse enquanto atravessava a cidade. E, porque ele era uma pessoa honrada, Belzebu o conduziu pelas ruas e lhe mostrou em pouco tempo todos os reinos do mundo, para tentar, se possível, convencer aquele abençoado homem a pechinchar e comprar alguma de suas vaidades. No entanto, ele não tinha nenhuma inclinação para aquelas mercadorias, por isso deixou a cidade sem gastar nem um centavo com o que lhe foi oferecido. Essa feira, portanto, é bem antiga, existe há muito tempo, e é uma feira bem grande.

Ora, os peregrinos, como eu disse, precisavam atravessar a feira. Mas algo surpreendente ocorreu! No momento em que chegaram, todas as pessoas se moveram, e os integrantes da própria cidade, criando uma espécie de tumulto, os circundaram, por vários motivos.

Em primeiro lugar, porque os peregrinos estavam vestidos com um traje diferente do traje de qualquer um que praticava o comércio na feira. Os frequentadores da feira, portanto, passaram a fitá-los com grande interesse. Alguns diziam que eles eram bufões, outros, que eram loucos, enquanto outros ainda os consideravam forasteiros.

Em segundo lugar, assim como se espantavam com seu vestuário, também estranhavam a língua deles, pois poucos eram capazes de compreender o que diziam. Cristão e Fiel, naturalmente, falavam a língua de Canaã, mas as pessoas da feira eram mundanas, então, de um extremo a outro, pareciam bárbaros entre si.

Em terceiro lugar, o que nada agradou aos mercadores foi o fato de aqueles peregrinos não demonstrarem o mínimo interesse por suas mercadorias, não se dignando sequer a olhá-las; e se os mercadores os estimulavam aos brados para comprar, eles tapavam os ouvidos com seus dedos e exclamavam "Detenham-se, olhos meus, de contemplar a vaidade!..." e erguiam o olhar indicando que seu interesse e seus negócios estavam no Céu.

Um homem, observando a postura deles, arriscou um ar zombeteiro e perguntou: "O que vão comprar?". Entretanto, olhando-o seriamente, um dos peregrinos respondeu: "A única mercadoria que nos interessa é a verdade!". Isso deu ensejo a atraírem maior desprezo ainda. Alguns zombavam deles, outros os insultavam, outros, ainda, os cobriam de censuras, ao passo que alguns já os golpeavam. Por fim, houve um tumulto e uma grande agitação na feira, o que resultou numa completa confusão. O incidente foi logo comunicado a um homem poderoso que tinha autoridade sobre a feira, e esse não demorou a apresentar-se e delegou alguns de seus companheiros de maior confiança para que submetessem a um exame aqueles homens que haviam provocado tanto transtorno na feira. Em decorrência disso, eles foram interrogados, e os responsáveis por seu interrogatório lhes perguntaram de onde vinham, para onde iam e o que faziam ali vestidos daquela forma incomum. Responderam que eram peregrinos e estrangeiros no mundo, e que rumavam para a sua própria terra, Jerusalém celestial; acrescentaram que não tinham dado nenhum motivo aos habitantes da cidade, tampouco aos comerciantes, para que fossem insultados e obstruídos em sua viagem. Tudo o que tinham feito, quando lhes perguntaram o que desejavam comprar, fora dizer que só tinham interesse pela verdade. Mas aqueles que haviam sido designados para interrogá-los não deram crédito ao que diziam; achavam que eles não passavam de tolos e loucos e que ali estavam para criar confusão na feira. Por isso, eles os agarraram e os espancaram e, depois, os cobriram de lama e os colocaram dentro de uma jaula, para que proporcionassem um espetáculo a todos os que se encontravam na feira. Portanto, ficaram ali por algum tempo, servindo a toda forma de divertimento, de escárnio, de maldade ou de vingança praticada por todos... A isso se somava ainda o riso do homem poderoso responsável pela feira.

No entanto, os peregrinos demonstraram paciência e não pagaram a zombaria na mesma moeda, mas, pelo contrário, distribuíram bênçãos e palavras gentis em troca dos insultos e amabilidades depois de serem injuriados. Então, algumas pessoas presentes na feira, mais observadoras e menos preconceituosas que outras, começaram a se conter e a condenar os mais cruéis pelos contínuos abusos cometidos contra aqueles homens. A turba enraivecida protestou, então, contra aqueles poucos, classificando-os como tão maus quanto os dois instalados na jaula, dizendo que pareciam seus cúmplices e que deveriam compartilhar de seus sofrimentos. O outro grupo, ou seja, o constituído pela minoria, reagiu afirmando que, pelo que se podia observar, aqueles homens, os peregrinos, eram pessoas pacíficas e sensatas, que não pretendiam causar dano a ninguém; afirmaram, além disso, que havia muitos que praticavam o comércio em sua feira que eram mais merecedores de ser colocados na jaula, e também no castigo, do que aqueles homens ali submetidos a insultos e a um tratamento cruel. Assim, depois de trocarem uma profusão de palavras entre os dois grupos, enquanto os dois homens na jaula se comportavam com sabedoria e sensatez, os opositores passaram à violência física e a se agredir mutuamente. Aqueles dois pobres homens foram conduzidos de novo à presença de seus inquisidores e foram acusados de ser responsáveis pelo tumulto que havia ocorrido na feira. Foram, então, impiedosamente espancados, presos a ferros e, depois, acorrentados, conduzidos para cima e para baixo da feira, para que servissem de exemplo e para inspirar o terror em outros, para que ninguém viesse a discursar a favor deles e nem mesmo se juntar a eles.

Cristão e Fiel, porém, se comportaram de forma ainda mais sábia e acolheram a infâmia e a vergonha que lhes lançaram com tamanha humildade e paciência que isso atraiu a seu favor muitos dos homens presentes na feira, embora ainda fossem poucos em comparação aos restantes. Isso levou o outro grupo a uma fúria ainda maior, a ponto de pensarem em executar os dois. Em tom ameaçador, alegaram que nem jaula nem ferros seriam suficientes, mas que deviam morrer por terem causado danos aos homens da feira e por terem os enganado.

Então, foram recolocados na jaula e informados de que deveriam aguardar até que uma nova ordem fosse dada em relação ao destino deles. Depois, prenderam seus pés num cepo.[15]

Nessas circunstâncias, eles se lembraram do que tinham ouvido do fiel amigo Evangelista e perceberam que se confirmava na senda que trilhavam e nos sofrimentos que suportavam o que ele dissera que aconteceria a eles. Agora, também se consolavam mutuamente, cientes de que aquele cujo lote fosse sofrer mais deveria gozar de alguma forma de preferência; então, cada um deles desejava secretamente ter essa primazia. Contudo, confiando a si mesmos às disposições sumamente sábias daquele que tudo governa, permaneceram com muito contentamento naquela condição em que se achavam até que pudessem se encontrar de outra maneira.

Assim, tendo sido estabelecida a data conveniente, eles foram conduzidos ao tribunal para serem julgados e condenados. E, então, foram levados à presença de seus inimigos e foram acusados. O nome do juiz era Senhor Hategood.[16] O indiciamento deles era, em substância, o mesmo, ainda que um pouco diferente, para um e outro, do ponto de vista da forma. Seu teor era o seguinte: "Eram inimigos e perturbadores do comércio da feira; haviam provocado comoção e discórdias na cidade e conquistado a adesão de um partido a favor de suas próprias opiniões sumamente perigosas, desrespeitando as leis do Príncipe deles.".

Fiel, então, começou a responder, dizendo que tudo o que fizera fora contrariar o que contrariava Àquele que é mais elevado. E acrescentou que, quanto à perturbação, não havia causado nenhuma, pois era um homem pacífico; quanto ao grupo que os apoiara, o tinham conquistado porque aqueles homens haviam contemplado a verdade deles e sua inocência, com as quais só tinham progredido do pior para o melhor; e quanto ao Príncipe a quem faziam referência, considerando que era Belzebu, o inimigo de nosso Senhor, Fiel disse que o desafiava e também a todos os seus anjos.

---

15. Pedaço de tronco de árvore; tábua grossa de madeira. (N.E.)
16. *Hategood*: aquele que odeia o bem. (N.T.)

Então, foi proclamado que aqueles que tivessem o que dizer em favor de seu senhor, o rei, contra o prisioneiro sendo julgado, deveriam se apresentar imediatamente no tribunal e prestar testemunho. Assim, três testemunhas se apresentaram, a saber, Invejoso, Supersticioso e Bajulador. Perguntaram a eles se conheciam o prisioneiro presente no tribunal e o que tinham a declarar a favor de seu senhor, o rei, contra ele.

Invejoso, então, se manifestou dizendo: "Senhor, conheço esse homem há muito tempo, e farei um depoimento sob juramento perante esta honrosa corte de que ele é...".

Juiz: "Pare! Que o façam jurar!"

Então, fizeram-no jurar. E ele declarou: "Senhor, esse homem, apesar de seu nome aparentemente confiável, é um dos homens mais vis de nosso país; não tem consideração nem pelo príncipe nem pelo povo, nem pela lei nem pelos costumes... Ele faz tudo o que está ao seu alcance para incutir em todas as pessoas algumas pérfidas ideias suas, as quais geralmente chama de princípios de fé e santidade. E, particularmente, eu próprio o ouvi afirmar, uma vez, que o cristianismo e os costumes de nossa Cidade da Vaidade eram diametralmente opostos e não podiam ser conciliados. Ao dizer isso, meu senhor, ele de imediato não apenas condena todas as nossas ações louváveis como também a nós por realizá-las!".

O juiz, então, lhe perguntou: "Tem algo mais a declarar?".

Invejoso: "Senhor, eu poderia declarar muito mais, só que não quero levar a corte ao tédio. Entretanto, se houver necessidade, após o testemunho dos demais, se vier a faltar algo para executá-lo, fornecerei outros testemunhos contra ele."

Então, Invejoso foi ordenado a ficar à disposição da corte.

A seguir, Supersticioso foi chamado e o instruíram a observar e analisar o prisioneiro. Também lhe perguntaram o que podia declarar em favor de seu senhor, o rei, contra o prisioneiro. Fizeram-no jurar, e depois disso ele se manifestou.

Supersticioso: "Senhor, pouco conheço esse homem, tampouco desejo conhecê-lo mais. Todavia, sei que ele é muito pernicioso, e concluí isso com base em uma conversa que tive com ele outro dia, nesta cidade. Com efeito, nesse dia, ele declarou que nossa religião não tem valor algum e que nenhum homem poderia agradar a Deus, de maneira alguma, por intermédio dela. O que se conclui necessariamente dessas suas palavras, vossa excelência o sabe muito bem, é que nós, em nossa religião, ainda veneramos em vão, permanecemos com nossos pecados e, por fim, seremos condenados. Isso é o que eu tenho a declarar!"

Então, Bajulador prestou juramento e foi ordenado a declarar o que sabia, a favor de seu senhor, o rei, contra o prisioneiro sendo julgado.

Bajulador: "Meu Senhor, e demais senhores, conheço esse indivíduo há muito tempo, e o ouvi dizer coisas que não devem ser ditas. Com efeito, ele tem insultado nosso nobre príncipe Belzebu, além de se expressar de forma desdenhosa com relação aos seus honrados amigos, cujos nomes são senhor Ancião, senhor Prazer Carnal, senhor Luxúria, senhor Fanfarrão, meu velho senhor Lascívia, senhor Cobiça e todos os outros membros de nossa nobreza. E ele acrescentou que, se todos os homens tivessem a mesma opinião que ele, se isso fosse possível, nenhum desses nobres deveria permanecer mais tempo nesta cidade. Além disso, não hesitou em insultá-lo, meu senhor, que foi designado agora para ser seu juiz, chamando-lhe de vilão incrédulo e adicionando outros termos aviltantes semelhantes, com os quais difamou a maioria das pessoas de boa família de nossa cidade."

Depois que Bajulador terminou seu relato,[17] o juiz dirigiu a palavra ao prisioneiro que estava no banco dos réus sendo julgado: "Você, renegado, herege e traidor, ouviu o que essas honestas pessoas testemunharam?".

Fiel: "Posso dizer umas poucas palavras em minha defesa?"

Juiz: "Criatura desprezível, não merece continuar vivendo, mas, sim, ser executado imediatamente bem onde está! Contudo, para que todos possam testemunhar a brandura com a qual lidamos contigo, vejamos o que tem a dizer."

Fiel: "Com relação ao que o senhor Invejoso falou, afirmo que tudo o que eu disse se resume no seguinte: que quaisquer regras ou leis ou costumes ou povo que se opõem à palavra de Deus estão contrariando diametralmente o

---

17. No original, "*tale*", que também tem a conotação de narrativa fantasiosa ou mesmo falsa. (N.T.)

cristianismo. Se o que eu disse está equivocado, convença-me de meu erro e estou pronto, aqui, a retratar-me...

Quanto ao segundo depoimento, ou seja, do senhor Supersticioso, e à acusação que me faz, limito-me a declarar o seguinte: que, para a veneração de Deus, é necessária uma fé divina, mas não pode haver nenhuma fé divina sem uma revelação divina da vontade de Deus. Portanto, seja o que for que foi introduzido na veneração de Deus que não seja agradável à revelação divina, só pode ser feito por uma fé humana, fé que não constitui proveito para a vida eterna...

Quanto às declarações do senhor Bajulador, digo... me abstendo de responder à acusação de que lancei insultos e empreguei termos injuriosos... que o príncipe desta cidade, acompanhado de toda a gentalha que o segue, a qual foi nomeada por esse senhor, tem mais aptidão para habitar o inferno do que esta cidade e este país. Sendo assim, que o Senhor tenha misericórdia de mim."

O juiz, então, se dirigiu ao júri, que durante todo esse tempo permanecera em silêncio, ouvindo e observando, e disse:

"Senhores do júri, observaram este homem em torno do qual se produziu um grande alvoroço nesta cidade; também ouviram os depoimentos dessas dignas testemunhas contra ele; por fim, ouviram a resposta e a confissão dele. Agora, está em suas mãos a decisão de condená-lo à forca ou absolvê-lo, salvando-o. Entretanto, penso que devo instruí-los no que se refere à nossa lei...

Nos dias do Faraó, o grande, servo de nosso príncipe, visando a combater a multiplicação dos adeptos da religião contrária à religião estabelecida e o seu fortalecimento, que o ameaçava, foi promulgada uma lei segundo a qual os bebês do sexo masculino deveriam ser arremessados ao rio. Houve, inclusive, uma lei, promulgada nos tempos de Nabucodonosor, o grande, outro servo de nosso príncipe, segundo a qual todo aquele que não se curvasse e venerasse a imagem de ouro do rei devia ser lançado ao interior de uma fornalha. Houve também uma lei promulgada na época de Dario segundo a qual todo aquele que invocasse por um tempo considerável outro deus que não fosse ele, o monarca, deveria ser lançado à cova dos leões. Ora, este rebelde violou a essência dessas leis não apenas em pensamento, o que já seria intolerável, mas também por intermédio de palavras e ações, o que, portanto, é necessariamente intolerável...

No caso do Faraó, tratava-se de uma lei preventiva de ações danosas baseada em suposição, não na perpetração de um crime real. Aqui estamos diante de um crime real. No que tange à segunda e à terceira lei, vejam que ele contesta nossa religião. Então, considerando a traição confessada por ele, merece ser executado!"

Em seguida, os jurados se retiraram. Os nomes dos senhores eram Homem Cego, Mau Caráter, Maldoso, Luxurioso, Libertino, Impetuoso, Esnobe, Inimigo, Mentiroso, senhor Crueldade, senhor Trevoso e senhor Implacável. Todos eles decidiram pessoalmente que o réu era culpado e, assim, apresentaram ao juiz, de forma unânime, o veredito de culpa.

O senhor Homem Cego, primeiro jurado, declarou: "Vejo claramente que este homem é um herege!". O senhor Mau Caráter exclamou "Vamos livrar a Terra deste indivíduo!", com o que ganhou o apoio do senhor Maldoso, que completou: "Sim, pois detesto até a aparência dele!". O senhor Luxurioso disse: "Não consigo suportá-lo!". "Nem eu", deu sequência o senhor Libertino, "pois ele estava sempre condenando a minha conduta!". "Que seja enforcado, que seja enforcado!", declarou o senhor Impetuoso. "É um pobre coitado", disse o senhor Esnobe. "Meu íntimo se insurge contra ele", declarou o senhor Inimigo. "Ele é um patife", manifestou-se o senhor Mentiroso. O senhor Crueldade opinou: "O enforcamento é bom demais para ele!". "Vamos tirá-lo do caminho, o executando logo", disse o senhor Trevoso. Então, o senhor Implacável se expressou nos seguintes termos: "Mesmo que fosse possível a mim ser dado o mundo inteiro, não poderia me reconciliar com ele. Portanto, vamos declará-lo imediatamente culpado e merecedor da pena de morte!". E assim agiram. Então, em seguida, foi determinado que Fiel fosse transferido do local em que se encontrava para o lugar de onde viera, para ali ser executado da forma mais cruel que se poderia conceber.

Em consonância com isso, levaram-no para fora, a fim de submetê-lo ao que ordenava a lei. Começaram por açoitá-lo; em seguida, o esbofetearam;

depois, empregando facas, retalharam seu corpo; na sequência, o apedrejaram e o cortaram com suas espadas e, por fim, o queimaram na fogueira até reduzir seu corpo a cinzas. Assim, Fiel morreu.

Ora, vi que atrás da multidão havia uma carruagem e uma parelha de cavalos que aguardavam Fiel, que, depois que seus adversários o assassinaram, o arrebataram e o levaram através das nuvens, ao som de uma trombeta, pelo caminho mais próximo, até o Portão Celestial.

Quanto a Cristão, decidiram fazer uma suspensão temporária do seu julgamento e de sua condenação à morte. Ele foi levado de volta ao cárcere e ali ficou por algum tempo. Mas Aquele que tudo rege, tendo em suas mãos o poder da cólera daquelas pessoas, o empregou de modo que Cristão, daquela vez, delas escapou e seguiu seu caminho.

Então, depois de ser libertado, enquanto caminhava, ele cantarolava:

> Bem, Fiel, sua religião professou com lealdade,
> perante seu Senhor, com quem abençoado será.
> Enquanto os infiéis, de seus vãos prazeres acompanhados,
> sob o tacão[18] de sua condição infernal, gritam.
> Canta, Fiel, canta, e que seu nome sobreviva,
> pois, embora o tenham assassinado, ainda vivo está.

Então, vi em meu sonho que Cristão não caminhava sozinho, pois ao seu lado havia alguém cujo nome era Esperançoso (originado da contemplação das palavras e das ações de Cristão e Fiel em meio aos seus sofrimentos na feira), que se uniu a ele e que, inserido num pacto fraternal, disse a Cristão que seria seu companheiro.

Assim, um morrera para dar testemunho da verdade e outro nascera de suas cinzas para ser companheiro de Cristão. Esperançoso disse a Cristão que também havia muitos outros homens na cidade que, depois de algum tempo, se puseram no encalço deles.

---

18. No sentido figurado, de acordo com o *Dicionário Houaiss da Língua Portuguesa*, "domínio tirânico ou influência dominadora". (N.E.)

Então, vi que, logo depois de saírem daquela cidade, alcançaram alguém que se adiantara a eles e que se chamava Interesseiro. Cristão lhe perguntou: "De que região o senhor é e para onde se destina nesta estrada?". Ele lhe respondeu dizendo que vinha da cidade chamada Belo Discurso e se dirigia à Cidade Celestial. Todavia, não lhes revelou seu nome.

Cristão: "De Belo Discurso! Há alguma pessoa boa lá?"

Interesseiro: "Sim, espero que sim!"

Cristão: "Por favor, senhor, me diga qual é o seu nome!"

Interesseiro: "Somos estrangeiros entre nós. Se for por este caminho, ficarei feliz com sua companhia. Caso contrário, de qualquer modo, me contentarei e me conformarei."

Cristão: "Essa cidade, chamada Belo Discurso, já ouvi falar dela e, segundo me lembro, dizem que é um lugar de muitas riquezas."

Interesseiro: "Sim. Asseguro-lhe que é, e eu tenho muitos parentes ricos que moram lá."

Cristão: "E quais são seus parentes que moram lá, se me permite perguntar?"

Interesseiro: "Quase todos os moradores da cidade, e particularmente o senhor Volúvel, o senhor Oportunista, o senhor Galanteador, de cujos ancestrais essa cidade, a princípio, tomou o nome. A esses, devemos acrescentar o senhor Lisonjeador, o senhor Dissimulado, o senhor Qualquer Coisa e o padre de nossa paróquia, o senhor Enganador, que era o irmão de minha própria mãe pelo lado paterno. E, para dizer-lhe a verdade, eu sou um homem honrado de boa posição social, ainda que meu bisavô tenha sido apenas um barqueiro que olhava para um lado e remava para outro. Eu obtive a maior parte de minhas propriedades por intermédio da mesma ocupação."

Cristão: "O senhor é casado?"

Interesseiro: "Sim, e minha esposa é uma mulher muito virtuosa, filha de uma mulher também muito virtuosa, que, por sua vez, era filha da senhora Furtiva.[19] Consequentemente, sua ascendência é de uma família muito honrada que atingiu tamanho grau de educação que sabe como se relacionar

---

19. No original, "Lady Fainings". "Fainings" é um termo do inglês arcaico de difícil tradução para nossa língua; aqui, seria algo como uma mulher que, combinando jovialidade e condescendência, é, na verdade, dissimulada. (N.E.)

com todos, seja com um príncipe, seja com um camponês. É verdade que diferimos um pouco, em matéria de religião, daqueles indivíduos de religião mais rigorosa, mas isso somente em dois pontos triviais… primeiro, nunca lutamos contra o vento e a maré, em segundo lugar, somos sempre sumariamente zelosos quando os religiosos desfilam com seu traje de prata. Adoramos acompanhá-los pelas ruas até o Sol brilhar e o povo aplaudir."

Cristão, então, aproximou-se de seu companheiro, Esperançoso, e lhe disse em voz baixa: "Começo a desconfiar de que esse indivíduo é um tal de Interesseiro de Belo Discurso, e, se for ele, temos como companhia um dos maiores safados que existem nesta região!".

Então, Esperançoso disse: "Pergunte a ele. A mim, parece que não se envergonha de seu nome!".

Dando alguns passos, Cristão voltou-se novamente para Interesseiro e observou: "Senhor, fala como se soubesse algo que supera o conhecimento de todo mundo, e, se não me engano, acho que posso arriscar adivinhar o nome do senhor. Seu nome não é Interesseiro de Belo Discurso?".

Interesseiro: "Não, esse não é meu nome, mas, sim, o apelido que a mim foi dado por alguns que não conseguem me tolerar. E eu devo contentar-me por ostentá-lo como uma censura, assim como outros homens de bem ostentaram os seus nomes antes de mim."

Cristão: "Mas você nunca deu motivo para ser chamado por esse apelido?"

Interesseiro: "Jamais, jamais! O pior que cheguei a fazer que lhes desse motivo para assim me apelidarem foi emitir um juízo que se harmonizava com as opiniões predominantes do momento, não importando quais fossem, e acabar me saindo bem com isso. Mas, se essas coisas me favorecem, que eu as considere uma bênção, mas que os maledicentes não me oprimam, por isso, com suas censuras!"

Cristão: "Realmente, achei que era o homem do qual ouvira falar e, para dizer-lhe o que penso, temo que esse nome se aplique a você mais propriamente do que aquilo que deseja que pensemos."

Interesseiro: "Bem, se é assim que pensa, não há nada que eu possa fazer a respeito. Apesar disso, se ainda assim me admitir ao seu lado, serei um agradável companheiro de viagem."

Cristão: "Se quiser nos acompanhar, terá de ir contra o vento e a maré, o que, pelo que percebo, contraria sua opinião. Além disso, terá de manter uma confissão religiosa, seja quando estiver vestido de farrapos ou quando estiver desfilando com seu traje de prata, e deverá sustentá-la, seja quando estiver preso aos grilhões, seja quando estiver desfilando pelas ruas sob aplausos."

Interesseiro: "Bem, isso não deve ser imposto nem exercer tirania sobre minha fé. Deixe-me usufruir de minha liberdade e permita que eu vá com vocês."

Cristão: "Não dê sequer um passo a mais, a não ser que se disponha a agir como foi proposto por mim, do modo como nós agimos."

Interesseiro: "Jamais abrirei mão de meus velhos princípios, uma vez que são inofensivos e proveitosos. Se não posso acompanhá-los, devo fazer como fiz antes de terem me alcançado, ir em frente sozinho, até que alguém que aprecie minha companhia me alcance."

Vi em meu sonho, então, que Cristão e Esperançoso o deixaram e, tomando a dianteira, se afastaram dele; um deles, entretanto, olhando para trás, avistou três homens que seguiam o senhor Interesseiro e... pasmem... quando se aproximarem dele, Interesseiro fez uma saudação, curvando-se bastante, e eles também o cumprimentaram. Os nomes daqueles homens eram senhor Apegado ao Mundo, Amante do Dinheiro e Acumulador. Eram homens que o senhor Interesseiro já conhecia, pois, quando crianças, tinham sido companheiros de escola e haviam tido como professor um tal de Controlador, um mestre-escola[20] de Ganância, que é uma cidade onde há mercados no condado de Cobiça, no norte. Esse mestre-escola ensinou a eles a arte da aquisição, quer por meio da violência, do embuste, da lisonja, da mentira, quer assumindo uma fachada de religião; e esses quatro cavalheiros tinham ido longe na arte de seu mestre, a ponto de cada um deles ser capaz de manter uma outra escola sozinho.

Ora, quando, segundo eu disse, eles trocaram saudações, o senhor Amante do Dinheiro perguntou ao senhor Interesseiro: "Quem são esses aí que estão à nossa frente na estrada?". De fato, Cristão e Esperançoso ainda estavam ao alcance de seus olhares.

---

20. Professor que ensina em curso primário, alfabetizador. (N.E.)

Interesseiro: "Uma dupla de homens de uma terra distante que, a seu modo, está em peregrinação."

Amante do Dinheiro: "Ora, é uma pena não terem nos esperado para que pudéssemos gozar de sua boa companhia. Afinal, eles, nós e você, senhor, segundo minha expectativa, estamos todos numa peregrinação."

Interesseiro: "Realmente, estamos, mas esses homens à frente de nós são tão rígidos e tão aficionados às suas próprias ideias e, inclusive, têm tão pouco apreço pelas opiniões alheias, que se alguém, por mais devoto que seja, não concorda com eles em tudo, é expulso de sua companhia."

Acumulador: "Isso não é bom. No entanto, sabemos que existem alguns que são excessivamente justos, e a rigidez desses homens prepondera a ponto de se considerarem aptos a julgar e condenar todos exceto eles mesmos. Mas, por favor... eu gostaria de saber no que discordaram e em quantas questões vocês discordaram."

Interesseiro: "Ora, de maneira obstinada, eles concluíram que é seu dever se apressar em sua jornada em todas as estações, independentemente do clima, ao passo que eu sou a favor de aguardar o vento e a maré favoráveis. Eles são a favor de tudo arriscar por Deus, de um só golpe, enquanto eu sou a favor de acolher todas as vantagens para assegurar minha vida e minhas propriedades. São adeptos de se conservar firmes na retenção de suas ideias, embora todos os outros homens sejam contrários a elas. Quanto a mim, sou religioso naquilo que e na medida em que o permitam os tempos em que vivo e minha segurança. Eles apoiam a religião quando esta se encontra esfarrapada e é objeto de desprezo, enquanto eu o faço quando ela veste seu traje de prata sob os raios do Sol e é aplaudida."

Apegado ao Mundo: "Precisamente, mantém essa sua posição, bom senhor Interesseiro, pois, de minha parte, só posso considerar maluco alguém que, tendo a liberdade de conservar o que possui, seja tão insensato a ponto de perdê-lo. Sejamos sábios como as serpentes... é melhor aproveitar as oportunidades quando surgem. Veja como a abelha permanece imóvel durante o inverno inteiro e se move apenas quando pode ter vantagem associada ao prazer. Deus manda ora a chuva, ora os raios do Sol. Se eles são tão tolos a ponto de enfrentar a chuva, contentemo-nos em ser acompanhados pelo bom tempo. No que toca a mim, prefiro a religião que se harmoniza com a garantia das bênçãos que Deus nos concedeu. Com efeito, quem jamais, regido por sua própria razão, poderia imaginar que Deus, tendo nos concedido as boas coisas desta vida, não deseja que nós usufruamos delas por amor a Ele? Abraão e Salomão enriqueceram com a religião. E Jó diz que um homem de bem armazenará o ouro como pó. Você não deve, portanto, ser como os homens que caminham à nossa frente, se eles são assim, como você os descreveu."

Acumulador: "Penso que estamos todos de acordo neste ponto, de modo que não é necessário continuarmos falando disso."

Amante do Dinheiro: "Não, realmente não é mais necessário falar sobre esse assunto, pois aquele que não dá crédito nem às Escrituras nem à razão... e perceba que temos ambas do nosso lado... nem conhece sua própria liberdade nem procura sua própria segurança."

Interesseiro: "Meus irmãos, estamos, como veem, todos em peregrinação, então, para que possamos nos desviar das coisas que são más, deem-me permissão para propor a seguinte questão...

Vamos supor que um homem, um sacerdote, um comerciante, ou outro, tivesse uma vantagem para obter as bênçãos desta vida, mas não pudesse agarrá-la se, ao menos aparentemente, não se tornasse extraordinariamente zeloso quanto a alguns pontos da religião pelos quais não se interessara antes. Não seria possível para ele empregar esse meio para atingir seu fim e, no entanto, continuar sendo um homem moralmente íntegro?"

Amante do Dinheiro: "Percebo o fundamento de sua questão e, com a permissão desses senhores, me esforçarei para formular uma resposta. Comecemos por tratar de sua questão no tocante ao próprio sacerdote. Imaginemos um sacerdote, um homem digno, que, sendo possuidor apenas de um modestíssimo benefício eclesiástico, tem diante de seus olhos algo maior, mais rendoso e, de longe, de maior vulto; ademais, dispõe então de uma chance de obtê-lo. Todavia, para tanto, tem de ser mais estudioso, mais aplicado, pregar com mais frequência e maior zelo e, porque a índole do povo o exige, alterar alguns de seus princípios. De minha parte, não vejo nenhuma razão para não permitir que alguém faça isso, desde que tenha sido para isso convocado, e, inclusive, muito mais, continuando, a despeito disso, a ser um homem honesto. E digo por quê. A princípio, porque seu desejo por um benefício eclesiástico maior é legítimo, o que é incontestável, visto ser apresentado a ele pela Providência; conclui-se que, estando dentro de sua capacidade, é permissível que o obtenha, não se tratando de questão de consciência...

Além disso, que se acresça que seu desejo por esse benefício o torna mais estudioso e aplicado, um pregador mais zeloso, entre outras coisas, fazendo dele uma pessoa melhor; e o faz melhorar em seu próprio ofício, o que está de acordo com a vontade de Deus.

Por sua vez, no que diz respeito a ele ceder à índole de seu povo divergindo, a fim de servi-lo, de alguns de seus princípios, isso revela que ele é detentor de uma índole sempre disposta a negar a si mesma; também, é uma postura doce e cativante; por outro lado, essa sua postura é muito mais adequada à função sacerdotal.

Enfim, concluo, portanto, que um sacerdote que troca um pequeno benefício eclesiástico por um benefício maior não deve ser considerado ávido por assim agir, mas, pelo contrário, uma vez que ele com isso aprimorou-se em seu ofício e tornou-se mais diligente, deveria ser visto como alguém que exerce sua vocação, atende a uma convocação e aproveita a oportunidade disponibilizada a ele para fazer o bem.

Agora, quanto à segunda parte da questão, a qual diz respeito ao comerciante que mencionou, suponhamos que tudo que tem é um pequeno comércio neste mundo, e caso se torne religioso, lhe será possibilitado melhorar sua situação comercial, talvez conseguir ter uma esposa rica, ou mais clientes, e atrair clientes muito mais importantes para sua loja. De minha parte, não vejo por que isso não possa ser realizado de maneira lícita. Porque, em primeiro lugar, constitui uma virtude tornar-se religioso, não importando qual seja o meio pelo qual nos tornamos religiosos.

Em segundo lugar, tampouco é ilegítimo conseguir manter uma esposa rica ou mais clientes para a própria loja; em terceiro lugar, devo acrescentar que o homem que consegue tais coisas por se tornar religioso obtém coisas boas por intermédio de pessoas boas, tornando-se ele mesmo bom. Assim, ter uma boa esposa, bons clientes e um bom lucro, e tudo isso pelo fato de ser religioso, é algo bom. Consequentemente, tornar-se religioso para obter todas essas coisas é um projeto bom e útil."

Essa resposta dada por esse senhor Amante do Dinheiro à questão do senhor Interesseiro foi aplaudida com entusiasmo por todos, motivo pelo qual concluíram em conjunto que se tratava de uma resposta sumamente íntegra e proveitosa. E porque, segundo pensavam, ninguém era capaz de contradizê-la, e porque Cristão e Esperançoso ainda estavam ao seu alcance, concordaram em atacá-los com a questão logo que os alcançassem, até porque haviam, antes, se oposto ao senhor Interesseiro. Chamaram-nos, então, e Cristão e Esperançoso se detiveram, aguardando a aproximação deles. No entanto, à medida que caminhavam na direção dos dois, concluíram que quem deveria propor a questão a eles era o velho senhor Apegado ao Mundo, e não o senhor Interesseiro, porque, conforme supunham, sua resposta a ele seria livre do calor ainda restante gerado entre o senhor Interesseiro e os dois quando pouco antes tinham se separado.

Desse modo, logo se encontraram uns diante dos outros e, depois de uma breve saudação, o senhor Apegado ao Mundo propôs a questão a Cristão e a seu companheiro, pedindo-lhes que respondessem a ela, se pudessem.

Cristão: "Até um iniciante em religião pode responder a mil questões semelhantes a essa, pois se é ilícito seguir a Cristo por causa de pães, como indicado no Evangelho de João, 6, quão mais abominável seria fazer dele e da religião um pretexto para obter e usufruir as coisas mundanas? Somente os pagãos, os hipócritas, os demônios e as bruxas sustentam tal opinião...

A princípio, os pagãos, pois 'quando Hamor e Sichem estavam interessados na filha e no gado de Jacó, e perceberam que não dispunham de meios para consegui-los exceto se fossem circuncidados, disseram aos seus companheiros: se todos os homens entre nós forem circuncidados, como eles são circuncidados, o gado deles, suas propriedades e toda espécie de animal que possuem não serão nossos?'. A filha de Jacó e seu gado eram o que procuravam obter, e sua religião, o pretexto usado para consegui-los. Podem ler toda a narrativa em Gênesis 34:20-23.

Por outro lado, os fariseus hipócritas também eram dessa religião. Orações longas eram o pretexto deles, mas seu objetivo era se apossar das casas das viúvas, para o que, no dia do Juízo Final, não haverá maior condenação de Deus. Está no Evangelho de Lucas 20:46-47.

Por sua vez, também Judas, o Diabo, pertencia a essa religião. Sua religião tinha a ver com a bolsa e o conteúdo deste do qual ele pudesse se apossar. No entanto, ele se perdeu, converteu-se em proscrito e tornou-se o próprio filho da perdição.

Além disso, citemos Simão, o mago, que também pertence a essa religião, pois ele queria a posse do Espírito Santo para, com isso, ganhar dinheiro, e sua sentença proferida pela boca de Pedro correspondeu ao seu mérito. Está em Atos 8:19-22.

Enfim, é inútil dizer que a pessoa que se serve da religião para as coisas mundanas despojará o mundo da religião, pois tão certo como Judas visou ao mundo tornando-se religioso, com igual certeza ele também vendeu a religião e o seu mestre pela mesma razão. Responder, portanto, afirmativamente à questão, como percebo que o fez, e a admitir como autêntica é tanto aderir aos pagãos e aos hipócritas quanto aderir ao demônio, e sua recompensa estará de acordo com suas ações."

O efeito das palavras de Cristão fez com que eles se olhassem entre si, mas eles não souberam o que responder. Esperançoso aprovou a força da resposta de Cristão, de modo que, por alguns instantes, um grande silêncio reinou entre eles. O senhor Interesseiro e seus companheiros hesitaram e diminuíram sua marcha, possibilitando a Cristão e Esperançoso que os deixassem para trás.

Então, Cristão disse ao companheiro: "Se esses homens não são capazes de responder aos argumentos de outros homens, o que farão diante das palavras de Deus? Se ficam mudos ao tratar com vasos de barro, o que farão quando forem atingidos pela reprovação das chamas de um fogo devorador?".

A essa altura, Cristão e Esperançoso já os haviam ultrapassado e chegaram a uma agradável planície chamada Tranquilidade, onde caminharam plenos de contentamento. Entretanto, essa planície não era grande, então, eles não demoraram para sair de seus limites. Ora, mais adiante, havia uma pequena colina chamada Lucro, onde havia uma mina de prata; a propósito, alguns que passaram antes por ali tinham desviado de seu caminho para vê-la, pois era uma raridade. Contudo, a aproximação excessiva da beira do poço da mina, e como o subsolo traiçoeiro naquele ponto havia cedido, o resultado foi a morte de alguns, enquanto outros tiveram seus corpos mutilados e não recuperaram sua integridade física até o fim de seus dias.

Vi então em meu sonho que, a uma certa distância da estrada, perto da mina de prata, encontrava-se Demas, exibindo uma postura de nobre, chamando os passantes e os convidando a visitar o local. Ele dirigiu a palavra a Cristão e a seu companheiro, dizendo: "Olá! Desviem um pouco do caminho e venham para cá! Tenho algo a lhes mostrar!".

Cristão: "O que há, nesse lugar, de tão importante para que nos desviemos do caminho?"

Demas: "Aqui tem uma mina de prata e algumas pessoas cavando em busca de um tesouro. Se fizerem o mesmo, com pouco esforço, poderão conseguir uma apreciável riqueza."

Esperançoso: "Vamos ver!"

Cristão: "Eu não vou. Já ouvi falar desse lugar antes e de quantos aqui pereceram. Além disso, esse tesouro não passa de uma armadilha para os que o buscam, pois representa um obstáculo para os peregrinos."

Ainda assim, Cristão gritou a Demas, perguntando: "Esse lugar não é perigoso? Não é uma barreira para muitos em sua peregrinação?".

Demas respondeu: "Não é muito perigoso, exceto para os descuidados!". No entanto, enquanto falava, ele enrubesceu.

Cristão: "Esperançoso, não vamos dar sequer um passo nesse sentido, mas nos manteremos em nosso caminho."

Esperançoso: "Eu tenho certeza de que, quando Interesseiro aparecer por aqui, se receber o mesmo convite que nós, se desviará para ver o que há naquele lugar."

Cristão: "Não tenho dúvida disso, visto que seus princípios o conduzem nessa direção. No entanto, a maioria, quase todos ali perecem."

Demas, por sua vez, insistiu: "Vocês não querem mesmo vir até aqui para ver?".

Cristão respondeu de maneira clara e explícita: "Demas, você é um inimigo dos caminhos retos do Senhor e já foi condenado por seu próprio desvio por um dos juízes de sua majestade. Por que deseja nos atrair para uma condenação semelhante? Além disso, se nos desviarmos do caminho, nosso Senhor, o Rei, certamente ficará sabendo e nos cobrirá de vergonha, isso quando queremos nos posicionar com coragem diante dele!".

Demas se manifestou de novo, mas dizendo que ele era também um irmão deles, e que, se aguardassem um pouco, ele também os acompanharia.

Cristão: "Qual é seu nome? Não é o mesmo pelo qual lhe chamei?"

Demas: "Sim, meu nome é Demas. Sou o filho de Abraão."

Cristão: "Eu o conheço. Gehazi foi seu bisavô, Judas, seu pai, e você trilhou os passos deles. Simplesmente, recorre a um truque diabólico. Seu pai foi enforcado como traidor, e você não merece coisa melhor que isso. Pode estar certo de que, quando chegarmos junto ao Rei, a ele relataremos esse seu comportamento."

E, assim dizendo, eles retomaram seu caminho.

A essa altura, Interesseiro e seus companheiros foram novamente vistos, e, ao primeiro aceno de Demas, chegaram junto a ele. Se caíram no poço da mina por se aproximarem demais da sua beirada, ou se desceram para cavar, ou se acabaram sufocados no fundo do poço em consequência dos gases nocivos que eram produzidos ali, disso não estou certo. Mas devo observar que nunca mais foram vistos naquela estrada.

E, então, Cristão cantou:

> Interesseiro e Demas da mina de prata
> se entendem bem.
> Demas chama e o outro corre,
> para que possa compartilhar
> do lucro do primeiro,
> de modo que ambos tomam deste mundo
> o que ele oferece,
> e adiante não vão.

Vi em seguida que, exatamente do outro lado dessa planície, os peregrinos chegaram a um lugar no qual havia um antigo monumento, erguido próximo à estrada. A visão desse monumento trouxe uma certa inquietação a ambos em virtude da estranheza de sua forma. Com efeito, lhes parecia uma mulher transformada a ponto de parecer assumir a forma de um pilar. Ali ficaram parados, olhando fixamente, por algum tempo, incapazes de entender do que se tratava. Por fim, Esperançoso percebeu que, no topo do monumento, havia uma inscrição em caracteres incomuns. No entanto, como não era instruído, chamou Cristão — que era bem culto — para ver aquilo e tentar lhe dar sentido. Cristão aproximou-se e, depois de estabelecer uma certa associação dos caracteres, conseguiu formar a seguinte frase: "Lembrai-vos da esposa de Lot!". Leu, então, a inscrição para o companheiro e, enfim, ambos concluíram que se tratava do pilar de sal no qual a esposa de Lot foi transformada pelo fato de ter olhado para trás com avidez no coração quando saía de Sodoma para se salvar. Essa percepção súbita e espantosa os conduziu à conversa que se segue.

Cristão: "Ah, meu irmão, esta é uma visão oportuna, que nos veio a calhar depois do convite de Demas para que visitássemos a colina Lucro. Se tivéssemos feito isso, como ele desejava, e como você estava inclinado a fazer, meu irmão, teríamos sofrido uma transformação semelhante à desta mulher, um espetáculo para a contemplação daqueles que virão por este caminho."

Esperançoso: "Sinto por ter sido tão tolo e fico admirado por não estar agora como a esposa de Lot, pois, afinal, qual é a diferença entre o pecado dela e o meu? Ela apenas olhou para trás, enquanto eu experimentei o desejo de ir ver. Veneremos a Graça, e que eu sinta vergonha por um dia tal coisa ter se abrigado em meu coração."

Cristão: "Observemos com cuidado a lição que nos é dada aqui para que nos sirva de amparo no futuro. Esta mulher escapou de um Juízo, pois sua queda não foi causada pela destruição de Sodoma... ela foi atingida por outro motivo. Como vemos, foi convertida num pilar de sal."

Esperançoso: "É verdade, e ela pode significar para nós tanto cautela quanto exemplo. Cautela para não cometermos o mesmo pecado cometido por ela, e exemplo do julgamento em que podemos incorrer se não tivermos cautela. Assim, Coré, Datã e Abiram, com os duzentos e cinquenta homens que pereceram em meio ao seu pecado, também se converteram num sinal ou num exemplo a ser observado com cuidado por outros. Contudo, eu me ponho a refletir sobre uma coisa, a saber, como Demas e seus companheiros conseguem estar tão confiantes à procura daquele tesouro enquanto esta mulher, que apenas olhou para trás de si... pois, como consta nas Escrituras, ela sequer deu um único passo fora do caminho... foi, por isso, transformada num pilar de sal. Até porque o julgamento que a condenou fez dela um exemplo ao alcance dos olhos deles de onde estão, bastando a eles erguer o olhar para contemplá-la."

Cristão: "É algo surpreendente, mesmo, que revela que seus corações, nesse caso, se tornam encarniçados... E eu não consigo conceber melhor comparação com eles do que com o batedor de carteira atuando na presença do juiz ou com o ladrão de bolsas em ação debaixo da forca. Diz-se das pessoas de Sodoma que eram excessivamente pecadoras, porque eram pecadoras diante do Senhor, isto é, diante do seu olhar, e mesmo apesar dos atos de bondade com os quais o Senhor as beneficiara, pois, então, a terra de Sodoma era como o Jardim do Éden antes. Consequentemente, isso provocou muito a ira de Deus e resultou no flagelo que atingiu os habitantes de Sodoma, flagelo esse o mais ardente que o Senhor podia produzir a partir do céu para castigá-los. E há suma razão em concluir que aqueles que, semelhantes a esses, pecarão ante o olhar de Deus, apesar de tais exemplos continuamente exibidos diante de seus olhos a título de advertência, deverão compartilhar dos mais severos julgamentos."

Esperançoso: "Não há dúvida de que disse a verdade, mas quanta misericórdia nos foi concedida, a mim especialmente, no sentido de não me converter num exemplo disso... A nós é proporcionada uma oportunidade para agradecer a Deus, perante Ele mostrar temor e sempre lembrar da esposa de Lot."

Vi, então, que eles prosseguiram até chegar a um rio aprazível, que o Rei Davi chamou de Rio de Deus, mas que João chamou de Rio da Água da Vida. Ora, a senda que trilhavam passava precisamente pelas margens desse rio. Nesse trecho, portanto, Cristão e seu companheiro caminharam com muito prazer. Beberam, inclusive, a água do rio, que era agradável e vivificante para os seus espíritos fatigados. Além disso, de cada lado das margens, havia árvores verdejantes que produziam toda espécie de fruto, e as folhas dessas árvores tinham propriedades medicinais. Foi com muito prazer que saborearam os frutos dessas árvores. Também comeram as suas folhas para evitar indigestão e outros males à saúde que acometiam os viajantes, que, por causa do esforço da viagem, aqueciam o próprio sangue. Havia também uns prados ladeando o rio, embelezados por muitos lírios. Esses prados se mantinham verdes o ano todo, e eles se deitaram em um deles e dormiram, pois nesse lugar podiam se deitar com segurança. Quando acordaram, colheram novamente frutos das árvores e beberam de novo a água do rio. Depois, voltaram a se deitar para dormir. Assim viveram por muitos dias e muitas noites. E, então, cantavam:

> Contemplai como estes riachos cristalinos fluem
> para, ao lado da estrada, os peregrinos confortar.
> E os prados verdes, além de sua fragrância exalar,
> produzem para eles alimentos delicados;
> e aquele capaz de revelar
> que frutos agradáveis e folhas
> estas árvores estão realmente a produzir,
> a todos eles e elas disporá
> para que possa este campo tomar.

Assim, quando se sentiram dispostos para continuar — pois ainda não haviam alcançado o fim de suas jornadas —, comeram, beberam e partiram.

Ora, vi em meu sonho que, depois de caminharem um pouco, num certo momento, o rio e a estrada se separaram, e eles muito lamentaram, porém não ousaram sair da estrada. Agora, o caminho, que se distanciava do rio, era áspero, contrastando com a condição sensível de seus pés, em consequência da caminhada. As almas dos peregrinos experimentavam grande desalento por causa do caminho acidentado. Por isso, ainda caminhando, esperavam encontrar condições melhores. Ora, não tardaram a se defrontar com a presença, do lado esquerdo da estrada, de um prado e uma escada que dava acesso a ele. O nome desse prado era Prado do Atalho. Nesse momento, Cristão disse ao seu companheiro: "Se esse prado ladear o nosso caminho, iremos por ele!". Então, ele subiu pela escada para verificar e avistou uma estrada paralela àquela pela qual haviam vindo até agora. "Isso veio atender ao meu desejo", disse Cristão. "Aquele é o caminho mais fácil. Venha, bom amigo Esperançoso, vamos por aqui!"

Esperançoso: "Mas e se essa senda nos tirar do nosso caminho?"

Cristão: "Não é o que parece. Olha! Ela não parece paralela a esta?"

Convencido por seu companheiro, Esperançoso o seguiu, subindo pela escada. Depois daquela subida e tendo acesso à estrada, experimentaram um grande alívio nos pés, em virtude da facilidade de caminhar, e, além disso, olhando à frente, avistaram alguém que, assim como eles, por ali avançava. Seu nome era Inconsequente. Eles o chamaram e lhe perguntaram para onde aquele caminho conduzia.

Inconsequente respondeu: "Para o Portão Celestial!".

"Veja", comentou Cristão, "não foi o que eu lhe disse? Está confirmado que estávamos certos!"

Desse modo, seguiram adiante, com Inconsequente na dianteira. Entretanto, anoiteceu e escureceu muito; assim, quem estava atrás, ou seja, Cristão e Esperançoso, perdeu de vista quem estava à frente.

Depois, aquele que se adiantara, cujo nome era Inconsequente, não enxergando bem por onde pisava, caiu num poço profundo, naquele ponto propositalmente colocado pelo príncipe daquela região para apanhar tolos fanfarrões que, com a queda naquele poço, acabavam despedaçados.

Ora, Cristão e seu companheiro ouviram o ruído produzido pela queda. Gritaram, o chamando, para saber o que havia acontecido, mas não houve nenhuma resposta; tudo o que puderam ouvir foi um gemido. Então, Esperançoso perguntou: "Onde estamos agora?". Seu companheiro permaneceu em silêncio, desconfiado de que havia saído do caminho. E agora começava a chover e trovejar, os relâmpagos geravam luz de uma forma pavorosa e o volume da água crescia rapidamente.

Esperançoso exprimiu para si mesmo um tom lamentoso: "Oh, quisera ter me conservado no meu caminho…".

Cristão: "Quem poderia ter imaginado que esta senda nos tiraria do caminho?"

Esperançoso: "Eu já receava isso desde o princípio, por isso, lhe fiz aquela ligeira advertência. Teria falado com maior clareza, mas como você é mais velho que eu..."

Cristão: "Meu bom irmão, não se ofenda. Sinto muito por tê-lo tirado do caminho e tê-lo exposto a este grande perigo. Por favor, perdoe-me, meu irmão, pois não agi assim por maldade."

Esperançoso: "Fique tranquilo, meu irmão, pois eu o perdoo. E acredite, inclusive, que isso acabará sendo em nosso benefício."

Cristão: "Fico feliz por ter ao meu lado um irmão tão bondoso. Mas não devemos continuar neste lugar. Tentemos voltar atrás."

Esperançoso: "Mas, bom irmão, permita que eu vá na frente."

Cristão: "Não, por favor, deixa-me ir na frente, porque, se houver algum perigo, serei o primeiro a ser atingido. Foi por minha causa que nós dois saímos do caminho."

Esperançoso: "Não... Você não irá na frente, pois, como está com o espírito perturbado, é possível que se desvie do caminho de novo."

Foi então que ouviram uma voz a encorajá-los, dizendo: "Que seu coração o conduza à estrada, pelo mesmo caminho pelo qual veio. Retorna!".

A essa altura, porém, o volume da água era imenso, razão pela qual o caminho de volta se tornara perigosíssimo. E eu pensei comigo mesmo que é mais fácil sair do caminho quando nele estamos do que nele ingressar quando estamos fora dele. Contudo, arriscaram-se a voltar. Entretanto, estava tão escuro e a água estava tão alta naquela inundação que, no seu percurso de retorno, correram o risco de se afogar nove ou dez vezes.

Tampouco puderam, recorrendo a toda a destreza de que dispunham, alcançar a escada naquela noite, motivo pelo qual, tendo encontrado finalmente um pequeno abrigo, ali se sentaram, aguardando o romper do dia. Mas... como estavam cansados, adormeceram. O fato é que, não longe do local onde se encontravam, havia um castelo chamado Castelo Duvidoso, cujo proprietário era o gigante Desespero. Era em sua terra que se situava aquele abrigo onde eles agora dormiam. O resultado foi que, quando, de manhã cedo, o gigante se levantou e se pôs a caminhar por seus campos, surpreendeu Cristão e Esperançoso adormecidos em sua terra. Então, mal-humorado e com voz severa e áspera, ele lhes ordenou que acordassem e lhes perguntou de onde vinham e o que faziam em sua propriedade. Responderam a ele que eram peregrinos e que, tendo se desviado de seu caminho, estavam perdidos, ao que o gigante replicou: "Esta noite, vocês invadiram meus domínios, pisando e se deitando sobre o meu terreno. Devem, por causa disso, acompanhar-me!".

E, assim, foram forçados a acompanhá-lo, porque ele era mais forte que eles. Também tinham pouco a dizer em sua defesa, porque estavam cientes de que haviam cometido um delito. Portanto, o gigante os empurrou para que seguissem à sua frente e os introduziu em seu castelo, aprisionando-os num calabouço muito escuro, tão sórdido e fétido que transtornou o espírito daqueles dois homens. Ali ficaram eles jogados da manhã de quarta-feira até a noite de sábado, sem um naco de pão nem uma gota de água, nem um raio de luz nem alguém com quem pudessem falar. Estavam, desse modo, numa situação péssima, longe dos amigos e dos conhecidos. E a angústia experimentada por Cristão naquele lugar era duplicada, pois o apuro em que se encontravam agora era consequência de sua imprudente precipitação.

Ora, o gigante Desespero tinha uma esposa, e seu nome era Desconfiança. Assim, quando ele foi para a cama, contou à esposa o que fizera, quer dizer, falou sobre a apreensão de dois prisioneiros e disse que os jogara em seu calabouço, isso por haverem invadido suas terras. Perguntou também a ela o que mais deveria fazer com eles. Por sua vez, ela lhe perguntou o que eles eram, de onde tinham vindo e para onde se dirigiam. Ele a informou, e, então, sua esposa o aconselhou que, quando se levantasse, na manhã seguinte, deveria surrá-los impiedosamente. Assim, quando se levantou no dia seguinte, o gigante pegou um pesado porrete feito de madeira da macieira silvestre e desceu ao calabouço. Ali, começou por cobrir Cristão e Esperançoso de censuras severas e grosseiras, como se fossem cães, ainda que estes não tivessem nunca dirigido a ele uma só palavra desagradável. Depois, os atacou, surrando-os com tamanha violência que ficaram estendidos sobre o solo, totalmente incapazes de fazer um só movimento. Em seguida, ele se retirou e os deixou ali a se condoerem de sua própria miséria e a chorar sob o peso de seu infortúnio. Desse modo, por todo aquele dia, tudo o que fizeram foi emitir suspiros e lamentos amargos. Na noite que se seguiu, a esposa de Desespero, se referindo a eles mais uma vez, e ciente de que continuavam vivos, sugeriu ao marido que os aconselhasse a se matarem.

QUANDO SE LEVANTOU NO DIA SEGUINTE, O GIGANTE PEGOU
UM PESADO PORRETE FEITO DE MADEIRA DA MACIEIRA SILVESTRE...

Assim, ao amanhecer, ele se dirigiu ao calabouço exibindo a mesma maneira rude de antes e, percebendo que eles estavam muito feridos por conta dos golpes que ele lhes havia aplicado no dia anterior, disse-lhes que, considerando que jamais escapariam daquele lugar, o único meio de pôr fim àquela situação era imediatamente se matarem, para isso empregando uma faca, uma corda para estrangulamento ou veneno. "Afinal", ele disse, "por que sua escolha seria a vida, restando esta acompanhada de tanta amargura?" No entanto, eles lhe disseram que desejavam ser libertados.

Isso deixou o gigante indignado; então, lançando a eles um olhar terrível, ele se precipitou na direção de Cristão e Esperançoso. Sem dúvida, os teria matado se não caísse sobre o solo vitimado por uma de suas convulsões, pois, às vezes, durante dias ensolarados, o gigante era acometido por esse tipo de coisa. Esse estado tinha como efeito lhe imobilizar as mãos. Assim, ele simplesmente se retirou e os deixou, como antes o fizera; desta vez, para que avaliassem como procederiam.

Então, os prisioneiros passaram a se consultar, considerando se deviam ou não aceitar o conselho do gigante Desespero. E se manifestaram da maneira que descrevo a seguir.

Cristão: "Irmão, o que faremos? Nossa vida agora é uma completa infelicidade. De minha parte, não sei o que é melhor... viver assim ou morrer imediatamente. Minha alma prefere o estrangulamento a esta vida, e o túmulo, a mim, parece mais confortável do que este calabouço. Seremos governados por esse gigante para sempre?"

Esperançoso: "Realmente, nossa situação atual é terrível, então, a morte seria, para mim, muito mais bem-vinda do que suportar este cárcere como morada duradoura. Entretanto, levemos em conta as palavras do Senhor da terra para a qual estamos indo... não matarás, o que entendo ser dirigido a outra pessoa, mas inclusive, muito mais ainda, envolve a proibição de aceitar o conselho de nos suicidarmos. Além disso, aquele que mata outra pessoa, tudo o que faz é assassinar o corpo dessa pessoa, ao passo que matar a si mesmo é, ao mesmo tempo, matar o corpo e a alma. Ademais, meu irmão, você disse que o túmulo é mais confortável que este calabouço, mas se esqueceu do inferno, para onde, com certeza, vão os assassinos? Pois nenhum assassino tem vida eterna. Consideremos também que nem toda a força está nas mãos do gigante Desespero. Outros, pelo que imagino, foram apanhados por ele, assim como nós, e, no entanto, escaparam de suas garras. Quem pode garantir que Deus, o criador do mundo, não possa vir a causar a morte do gigante? Ou que, numa ocasião ou outra, o gigante possa esquecer-se de nos trancar? Ou que possa, a curto prazo, ser vitimado de novo por uma de suas convulsões na nossa frente e ficar incapacitado de usar seus membros? E se isso vier a acontecer de novo, no que me diz respeito, estou decidido a munir-me de toda a coragem e tentar até o limite de minhas forças livrar-me de suas garras. Agi como um tolo por não o tentar antes. Contudo, meu irmão, sejamos pacientes e suportemos a situação por enquanto. É possível que surja para nós o ensejo para uma feliz libertação. Não sejamos, porém, nossos próprios assassinos."

Com essas palavras, Esperançoso, nesse momento, atenuou a perturbação que afetava a mente de seu irmão. Assim, eles continuaram juntos, mergulhados na escuridão aquele dia, na sua condição triste e dolorosa. Pouco antes de anoitecer, o gigante desceu ao calabouço mais uma vez para verificar se os seus prisioneiros haviam seguido seu conselho. Porém, o que sua entrada no calabouço revelou foi que estavam vivos, mas apenas vivos, pois agora, por falta de pão e água e em consequência dos ferimentos produzidos pelo espancamento que ele lhes aplicara, tudo o que conseguiam fazer era respirar com dificuldade. No entanto, como eu disse, ele os encontrou vivos, o que o encolerizou terrivelmente, levando-o a dizer-lhes que, como não haviam acatado seu conselho, a condição deles iria se tornar tão ruim que melhor seria para eles que não tivessem nascido.

Assim, eles continuaram juntos, mergulhados na escuridão aquele dia, na sua condição triste e dolorosa.

Ao ouvirem essas palavras, um profundo tremor agitou seus corpos, e acho que Cristão desmaiou. Contudo, voltando a si o suficiente, tornaram a conversar a respeito do aconselhamento do gigante e questionaram se, afinal, seria melhor acatá-lo ou não. Mais uma vez, parecia que Cristão era a favor de acatá-lo, mas Esperançoso apresentou sua segunda resposta nos termos que se seguem.

"Meu irmão, se lembra de quão valente você já foi antes? Apólion não foi capaz de esmagá-lo, tampouco o foi tudo o que ouviu, viu ou sentiu no Vale da Sombra da Morte. Quantos apuros já suportou, quanto terror experimentou, quanta coisa assombrosa enfrentou... E tudo que sente agora é medo? Veja que estou neste calabouço contigo, eu que sou naturalmente um homem muito mais fraco que você... ademais, esse gigante o feriu tanto quanto a mim e também me privou de pão e água, e choramos juntos pela ausência da luz. Mas tenhamos um pouco mais de paciência. Lembra como agiu com o homem na Feira das Vaidades e não teve medo nem das correntes nem da jaula...? E nem mesmo teve medo de uma morte sangrenta! Portanto, suportemos isso com paciência o quanto formos capazes, ao menos para evitar uma vergonha imprópria a um cristão!"

Fez-se noite novamente. O gigante e sua esposa encontravam-se no leito, e ela lhe perguntou a respeito dos prisioneiros e quis saber se eles haviam seguido o seu conselho. Ele lhe respondeu que eles eram uns vadios teimosos que preferiam aguentar todo tipo de sofrimento a se suicidar. Ela lhe disse, então, que na manhã seguinte os levasse ao pátio do castelo e lhes mostrasse os ossos e crânios daqueles que ele já matara, e que os fizesse acreditar que, ao fim de uma semana, a partir daquele dia, ele também os reduziria a pedaços, como fizera com aqueles seus semelhantes antes deles.

Assim, na manhã do dia seguinte, o gigante foi mais uma vez até eles, conduziu-os ao pátio do castelo e lhes mostrou o que sua esposa lhe dissera para lhes mostrar. "Estes esqueletos", disse ele, "foram, algum dia, de peregrinos como vocês, que invadiram minha propriedade da mesma forma... e, quando julguei adequado, eu os reduzi a pedaços, que é o que farei com vocês dentro de dez dias. Agora, desçam para o calabouço de novo!".

Enquanto eles desciam rumo à prisão, o gigante os golpeava o tempo todo. E ali, portanto, por todo o dia, que era um sábado, ficaram prostrados, num estado deplorável, como antes. À noite, a senhora Desconfiança e seu marido, o gigante, retomaram a conversa a respeito dos prisioneiros, e o velho gigante expressou o seu espanto por não conseguir, fosse por suas pancadas, fosse por seu aconselhamento, levar seus prisioneiros ao fim. Ao ouvir isso, sua esposa disse: "Eu acho que vivem na esperança de que alguém virá socorrê-los ou que têm gazuas[21] à sua espera, para que consigam se libertar e escapar!".

"Se é o que pensa, minha querida", retrucou o gigante, "de manhã, portanto, vou revistá-los".

Ainda no sábado, cerca de meia-noite, Cristão e Esperançoso começaram a orar e continuaram orando até quase o nascer do dia.

Então, pouco antes de amanhecer, o bom Cristão, sentindo-se perplexo, exclamou com uma extraordinária veemência: "Que tolo que sou deitado num calabouço fedorento quando posso simplesmente sair em liberdade! Tenho uma chave junto ao meu peito chamada Promessa que abrirá, disso estou convencido, qualquer fechadura no Castelo Duvidoso!".

"São boas notícias, bom irmão", disse Esperançoso, "remova-a de seu peito e tente!".

Nesse momento, Cristão retirou a chave que trazia em seu peito e foi até a porta do calabouço. Introduziu a chave na fechadura e a girou. Eles não estavam mais trancados! Então, abriram a porta com facilidade e saíram. Caminharam até a porta externa que levava ao pátio do castelo, e Cristão, com sua chave, também abriu essa porta. Depois disso, alcançaram o portão de ferro, que também teria de ser aberto. Neste caso, a fechadura revelou-se bastante problemática, mas, por fim, ele conseguiu.

Depois, empurraram o portão para fugirem rápido, mas, ao ser movido, o portão produziu um rangido que despertou o gigante. Ao levantar-se depressa para perseguir seus prisioneiros, Desespero, o gigante, sofreu uma daquelas suas convulsões que o incapacitava e paralisava seus membros. Isso o impossibilitou totalmente de tentar recapturá-los.

Cristão e Esperançoso prosseguiram em sua fuga até atingirem a estrada do rei e, assim, ficaram seguros, porque agora estavam fora das terras do gigante e fora de sua jurisdição.

---

21. Objeto como um gancho de ferro usado para abrir fechaduras. (N.E.)

Quando fizeram uso da escada, para voltar, começaram a pensar em uma forma de prevenir os peregrinos que viessem por ali depois deles, para que não caíssem no poder do gigante Desespero. Decidiram, então, erigir ali um pilar e gravar em um dos seus lados o seguinte: "Acima desta escada encontra-se o caminho que conduz ao Castelo Duvidoso, que é mantido pelo gigante Desespero, que despreza o Rei do país celestial e se empenha em destruir seus santos peregrinos!". Assim, aqueles que os sucedessem no futuro leriam esse aviso e escapariam do perigo. Depois de terminarem essa tarefa, eles cantarolaram a seguinte canção:

> Do caminho nos desviamos e então descobrimos
> o que significava uma terra proibida trilhar.
> E que aqueles que a nós sucederem se acautelem
> para que a desatenção não os faça, como nós, aqui jornadear.
> Para que eles, por invadirem, prisioneiros dele não se tornem,
> dele, possuidor do Castelo Duvidoso, cujo nome é Desespero.

Seguiram seu caminho até alcançar as Montanhas Deleitáveis, que pertenciam ao senhor daquela colina a que nos referimos antes. Assim, subiram as montanhas para contemplar os jardins, os pomares, os vinhedos e as fontes de água, nas quais, inclusive, beberam e se lavaram, além de comerem livremente as uvas dos vinhedos.

No topo dessas montanhas, havia pastores que alimentavam seus rebanhos. Eles estavam à beira da estrada. Os peregrinos se dirigiram a eles e, se apoiando em seus cajados, como fazem comumente os peregrinos cansados quando param para conversar com alguém em seu caminho, deram início a uma conversa.

Cristão: "De quem são essas Montanhas Deleitáveis e de quem são os carneiros e as ovelhas que nessas montanhas se alimentam?"

Pastor: "Essas montanhas estão na terra de Emanuel e estão à vista de sua cidade. Quanto aos carneiros e às ovelhas, também pertencem a ele, e ele sacrificou sua vida por eles."

Cristão: "Este é o caminho para a Cidade Celestial?"

Pastor: "É ele, exatamente."

Cristão: "E a que distância está?"

Pastor: "Distante demais para qualquer pessoa, exceto para quem realmente chegará a ela."

Cristão: "E esse caminho é seguro ou perigoso?"

Pastor: "Seguro para aqueles a quem deve ser seguro, mas os transgressores sofrerão uma queda nele!"

Cristão: "Há algum lugar neste caminho onde peregrinos fatigados e debilitados possam descansar?"

Pastor: "O senhor destas montanhas nos ordenou que não nos esquecêssemos de dar acolhida aos estrangeiros. Portanto, as coisas boas do lugar estão à sua disposição!"

Vi, então, em meu sonho que, quando os pastores perceberam que Cristão e Esperançoso eram viajantes, também lhes fizeram perguntas, as quais eles já haviam respondido em outros lugares, tais como "De onde vieram?", "Como ingressaram nesse caminho?", "Ao que recorreram para nele manter-se perseverantes?". Afinal, poucos que tinham vindo por aquele caminho mostravam seus semblantes naquelas montanhas. No entanto, ao ouvirem suas respostas, os pastores se satisfizeram com elas, olharam-nos com uma expressão muito amável e um deles disse: "Bem-vindos às Montanhas Deleitáveis!".

Os pastores, cujos nomes eram Conhecimento, Experiência, Vigilante e Sincero, os tomaram pelas mãos, conduziram-nos às suas tendas e os fizeram compartilhar do que havia disponível no momento. Além disso, lhes disseram: "Gostaríamos que ficassem aqui por algum tempo, para se familiarizarem conosco e, além disso, extraírem conforto e alegria das coisas boas dessas Montanhas Deleitáveis!". Cristão e Esperançoso lhes disseram que se sentiriam contentes em ali permanecer. E, assim, se recolheram para o repouso naquela noite, pois já era muito tarde.

Na manhã seguinte, os pastores chamaram Cristão e Esperançoso para caminhar com eles pelas montanhas. Assim, os peregrinos os acompanharam numa breve caminhada, na qual apreciaram belas paisagens em todas as partes. Em seguida, os pastores se reuniram entre si. Um deles perguntou: "Deveremos mostrar a esses peregrinos algumas maravilhas?". Então, quando concluíram que deveriam fazê-lo, a princípio, os conduziram ao alto de uma colina chamada Erro, a qual era muito íngreme em uma extremidade. Os pastores os instruíram a olhar lá para baixo. Cristão e Esperançoso olharam para baixo e viram, no fundo, diversos corpos despedaçados, pois haviam caído lá do alto.

Cristão perguntou: "O que significa isso?". Um dos pastores respondeu: "Não ouviram falar dos homens que foram levados a errar por darem ouvidos a Himeneu e Fileto no tocante à fé na ressurreição dos corpos?". Eles responderam que sim. Então, um dos pastores retomou a palavra: "Aqueles que estão despedaçados lá no fundo desta montanha são eles e, como podem ver, permanecem até hoje sem serem enterrados, para que sejam exemplos, para outras pessoas, de como fizeram uma escalada excessiva e chegaram próximo demais da beira desta montanha!".

Vi a seguir que os conduziram ao topo de uma outra montanha, cujo nome era Cautela, e os instruíram para que olhassem para um ponto distante. E, quando olharam, perceberam, ou ao menos julgaram perceber, diversas pessoas andando para cima e para baixo entre os túmulos que havia ali. E perceberam que as pessoas eram cegas, porque, às vezes, tropeçavam nos túmulos e porque não conseguiam sair daquele lugar. Então, Cristão perguntou: "O que é isso?".

Um dos pastores respondeu: "Você não viu, um pouco abaixo destas montanhas, uma escada que levava a um prado à esquerda deste caminho?". A resposta deles foi afirmativa, então, um dos pastores disse: "Essa escada dá acesso a uma estrada que conduz diretamente ao Castelo Duvidoso, que é mantido pelo gigante Desespero. E essas pessoas...", ele apontou para os corpos entre os túmulos, "vinham, como vocês vieram agora, em peregrinação, certa vez, até chegarem a essa mesma escada de acesso. E, como o caminho era acidentado e áspero naquele local, optaram por sair dele e ingressar naquele prado, e ali foram apanhadas pelo gigante Desespero e levadas ao Castelo Duvidoso. Dentro do castelo, depois de terem sido, por algum tempo, mantidas no calabouço, o gigante lhes arrancou os olhos e as conduziu para lá, para que ficassem entre aqueles túmulos, onde as deixou a perambular, a andar a esmo, até hoje, para que se cumprisse o indicado pelas palavras do sábio, ou seja, 'Aquele que desvia do caminho do entendimento permanecerá na congregação dos mortos!'".

Cristão e Esperançoso entreolharam-se; lágrimas correram por seus rostos, mas nada contaram aos pastores.

Vi, então, em meu sonho que os pastores os conduziram a um outro lugar, no sopé de uma colina, em um canto onde havia uma porta. Abriram a porta e os instruíram a olhar para dentro. Cristão e Esperançoso olharam e viram que no interior era muito escuro e enfumaçado; pensaram ter ouvido ali um ruído surdo e contínuo como o de um fogo crepitante e os lamentos de alguns atormentados, além de sentirem o cheiro forte de enxofre.

"Qual é o sentido disso?", perguntou Cristão.

Os pastores esclareceram. Um deles disse: "Esta é uma senda secundária para o inferno, um caminho pelo qual os hipócritas vão... a saber, aqueles que vendem seu direito de primogenitura, como Esaú, aqueles que vendem seu mestre, como Judas; aqueles que blasfemam contra o Evangelho, como Alexandre, e aqueles que mentem e dissimulam, como Ananias e Safira, sua esposa!".

Esperançoso, então, disse aos pastores: "Percebo que eles, cada um deles, tinham a aparência de peregrinos, assim como nós temos agora. Não tinham?".

Pastores: "Sim, e a mantiveram, inclusive, por muito tempo."

Esperançoso: "Até que ponto poderiam prosseguir em sua peregrinação no seu tempo, considerando, todavia, que foram proscritos tão miseravelmente assim?"

Pastores: "Alguns iriam além destas montanhas, e outros sequer chegariam aqui."

Os dois peregrinos confabularam entre si. Um deles disse: "Temos de implorar por força aos fortes!".

Um dos pastores que o ouviu disse: "Sim, e terão de utilizá-la também quando dela dispuserem!".

A essa altura, os peregrinos estavam desejosos de seguir adiante, e os pastores queriam que assim fosse. Então, todos caminharam juntos em direção ao fim da região montanhosa, onde os pastores confabularam entre si. Um deles disse: "Mostremos aqui aos peregrinos os portões da Cidade Celestial, se eles tiverem habilidade para olhar através de nosso óculo de visão panorâmica!". Os peregrinos aceitaram gentilmente a proposta e foram conduzidos ao alto de uma colina elevada chamada Clara, e os pastores lhes entregaram seu óculo para que olhassem. Tentaram, então, ver, mas a lembrança daquela última coisa que os pastores lhes haviam mostrado fez com que suas mãos tremessem. Por isso, não conseguiram olhar com firmeza através do óculo; entretanto, pensaram ter visto algo semelhante a um portão e também um pouco do esplendor do lugar.

> Assim, pelos pastores, segredos são revelados,
> que de todos os outros homens são ocultados.
> Portanto, vem aos pastores se queres ver
> coisas profundas, coisas ocultas e que são misteriosas.

Quando estavam na iminência de partir, um dos pastores lhes deu um itinerário, ao passo que outro os instruiu a tomar cuidado com lisonjeadores. Outro pastor os advertiu para ficarem atentos a fim de não correrem o risco de dormir no solo encantado. Por fim, o último lhes desejou boa sorte.

Então, eu acordei, e assim terminou o meu sonho. Contudo, depois, voltei a dormir, tornei a sonhar e vi os mesmos dois peregrinos descendo as montanhas ao longo da estrada principal em direção à cidade.

Ora, pouco abaixo dessas montanhas, do lado esquerdo, situa-se a Terra da Presunção, e dessa terra emerge uma estrada tortuosa curta que ingressa na via pela qual vinham os peregrinos. Portanto, nesse ponto, eles toparam com um rapazinho muito animado, que havia saído daquela terra. Seu nome era Ignorância. Cristão perguntou-lhe de que região ele vinha e para onde se dirigia.

Ignorância: "Senhor, eu nasci naquela terra que fica longe daqui, um pouco à esquerda. E estou indo para a Cidade Celestial."

Cristão: "Mas como acha que conseguirá atravessar o portão? Afinal, você pode encontrar alguma dificuldade para fazer isso."

Ignorância: "Do mesmo modo que as outras pessoas."

Cristão: "Mas o que você tem para apresentar naquele portão que possa convencer alguém a abri-lo para você?"

Ignorância: "Conheço a vontade de meu Senhor e tenho sido um bom cidadão em seus domínios. Pago a toda pessoa o que lhe é devido, rezo, jejuo, pago a dízima, dou esmolas e deixei minha terra por aquele ao qual me dirijo."

Cristão: "Mas você não veio pela pequena porta estreita que se encontra no ponto superior deste caminho. Você veio por aquela estrada tortuosa; portanto, receio que, independentemente do que possa pensar sobre si mesmo, no dia do ajuste de contas, será acusado de ser um ladrão e um assaltante, em vez de ser admitido na cidade."

Ignorância: "Senhores, vocês são completos estrangeiros para mim. Não os conheço. Contentem-se em seguir a religião de seu país, enquanto eu seguirei a religião do meu. Espero que tudo corra bem. E, quanto ao portão que mencionou, todos sabem que fica muito distante de nossa terra, então, acho que não há, em toda esta nossa região, alguma pessoa que saiba tanto a ponto de conhecer o caminho para chegar a ele... tampouco interessa se é conhecido ou não, pois dispomos, como veem, de uma bela e agradável estrada verdejante, que, descendo de nossa terra, conduz diretamente a essa outra estrada."

Ao perceber que aquele rapaz era sábio de acordo com sua própria presunção, Cristão murmurou ao ouvido de Esperançoso: "Há mais esperança vinda de um tolo do que vinda dele!". E acrescentou: "Quando quem é um tolo segue seu caminho e sua sabedoria lhe falta, isso significa, para todos, que ele é um tolo. Devemos continuar dialogando com ele ou preteri-lo por enquanto, deixando-o pensar naquilo que já ouviu, para depois nos determos mais uma vez ao seu lado, para verificar se gradualmente podemos beneficiá-lo de algum modo?". Então, Esperançoso comentou:

> Que Ignorância, agora, por enquanto,
> medite no que é dito,
> e que ele não se negue a abraçar o bom aconselhamento
> para não permanecer ainda ignorante
> do que é o principal ganho.

> Palavras do Senhor: aqueles que não têm entendimento,
> embora tenha Ele os criado, não serão por Ele salvos.

E Esperançoso acrescentou: "Acho que não é bom dizer a ele tudo de imediato. Vamos ultrapassá-lo, se assim você desejar, e lhe dirigir a palavra logo mais, em um momento mais oportuno, para que ele possa suportá-la aos poucos!".

Dessa maneira, ambos seguiram adiante, deixando Ignorância para trás. E, depois de ultrapassá-lo por um curto trecho, penetraram numa senda muito escura, onde encontraram um homem que havia sido amarrado por sete demônios com sete cordas resistentes. Os demônios o levavam de volta à porta que se encontrava na outra parte da colina. O bom Cristão começou a tremer, e Esperançoso, seu companheiro, também. Ainda assim, enquanto os demônios conduziam aquele homem, Cristão o observou, para verificar se o conhecia, e achou que ele poderia ser um tal de Desertor, que morava na Cidade da Apostasia.[22] No entanto, não conseguiu ver seu rosto com nitidez, pois ele baixava a cabeça como um ladrão que tivesse sido pego. Contudo, ao passar por eles, Esperançoso olhou para ele e vislumbrou em suas costas a seguinte inscrição: "Professor libertino e apóstata execrável!".

Nesse momento, Cristão disse ao seu companheiro: "Agora, me ocorre o que me foi narrado a respeito de algo que aconteceu a um bom homem deste lugar. Seu nome era Ateu, embora fosse um homem de bem, e ele habitava a Cidade da Sinceridade. O que aconteceu foi o seguinte: junto à entrada desta passagem, em sentido descendente, provindo da porta do caminho amplo, havia uma travessa chamada Travessa do Homem Morto, assim chamada por causa dos assassinatos que eram cometidos ali com frequência. E esse tal de Ateu, fazendo sua peregrinação, como o fazemos agora, arriscou-se a sentar-se aqui e adormeceu. Ora, naquela ocasião, desceram por essa travessa que provém da porta do caminho amplo três malandros fortes, cujos nomes eram Covarde, Desconfiado e Culpado, três irmãos... avistando Ateu onde

---

22. Apostasia é uma renúncia a alguma religião ou a alguma crença, o abandono da fé, o ato de renegar, de quebrar os votos, de abandonar uma vida sacerdotal. (N.E.)

ele estava, correram ao seu encontro. Ora, o bom homem havia acabado de despertar e se levantava para seguir viagem. Os três o afrontaram e, com palavras ameaçadoras, ordenaram que parasse. Diante disso, Ateu empalideceu, ficando branco como cera, incapaz de lutar ou fugir...

E, então, o Covarde disse: 'Entregue sua bolsa!'. Mas, como o homem hesitou, com medo de perder seu dinheiro, isso fez o Desconfiado atacá-lo; enfiando a mão no bolso de Ateu, retirou dali um saco de moedas de prata. Ateu, então, gritou: 'Ladrões, ladrões!'. Nesse momento, Culpado, que empunhava um grande porrete, golpeou Ateu na cabeça, e este caiu e ficou estendido sobre o solo, prostrado e sangrando como alguém que fosse definhar até morrer. Os ladrões ficaram olhando para ele estatelado no chão, até que escutaram alguém vindo pela estrada e, temendo que fosse um tal de Grande Graça, que morava na Cidade de Boa-Fé, se apressaram em sair dali, deixando aquele bom homem à mercê de si mesmo, para que se virasse sozinho. Depois de algum tempo, Ateu recobrou os sentidos e, levantando-se com muito custo e de um modo muito desajeitado, retomou sua viagem. Essa é a história!".

Esperançoso: "Mas eles tomaram dele tudo o que tinha?"

Cristão: "Não. Nunca tiveram acesso ao lugar onde ele guardava as joias, então, ele as conservou. No entanto, conforme me contaram, o bom homem ficou bem angustiado por sua perda, porque os ladrões levaram a maior parte de seu dinheiro em espécie, que ele mantinha para seu gasto pessoal. O que eles não lhe furtaram, como eu disse, foram as joias. Restou-lhe também algum dinheiro extra, mas era insuficiente para que ele finalizasse sua jornada. Na verdade, se não estou mal-informado, ele foi forçado a mendigar no caminho para sobreviver, pois não podia vender suas joias. Todavia, dependendo de esmolas, e fazendo o que estava ao seu alcance, ele seguiu em frente, como costumamos dizer, passando fome a maior parte do caminho restante!"

Esperançoso: "Mas não é prodigioso o fato de não terem subtraído dele seu certificado, instrumento pelo qual teria sua admissão na Porta Celestial?"

Cristão: "Realmente, é prodigioso! O fato é que não o pegaram, embora não em função de alguma sagacidade dele, pois, como ele estava desmaiado quando o revistaram, não dispunha nem de força nem de destreza para esconder alguma coisa. Portanto, foi mais graças à Providência do que ao seu esforço que eles não se apossaram daquela preciosidade."

Esperançoso: "Deve lhe ter servido de consolo o fato de não terem subtraído dele essa riqueza."

Cristão: "Poderia lhe ter servido de grande consolo se ele a tivesse empregado como devia. Entretanto, aqueles que me contaram a história me informaram que ele fez pouco uso dela durante o restante de seu percurso, e isso por causa do desânimo que ele experimentara por lhe haverem furtado seu dinheiro. Na verdade, ele se esqueceu dela por grande parte do resto da jornada e, além disso, quando, numa certa ocasião, ela lhe veio à mente, quando ele começou a extrair dela algum conforto, novos pensamentos envolvendo sua perda se abateram sobre ele, e esses pensamentos o devoraram."

Esperançoso: "Coitado dele, pobre homem! Isso deve ter lhe causado uma grande aflição".

Cristão: "E que aflição! E não é o que teria sido para qualquer um de nós se houvéssemos sido tratados como ele, roubado e ferido e, como se não bastasse, num lugar estranho? É um milagre não ter perecido de tanta aflição, pobre homem! Contaram-me que ele andou quase todo o resto do caminho um tanto disperso e desorientado, a murmurar queixas condoídas e amargas, e também contando a todos que o encontravam, ou que ele encontrava pelo caminho, onde fora roubado e como, quem foram os ladrões e o que ele perdera, como tinha sido ferido e que escapara com vida com dificuldade."

Esperançoso: "Mas é também prodigioso o fato de suas necessidades não o terem induzido a vender ou penhorar algumas de suas joias, para que pudesse aliviar a sua jornada."

Cristão: "Você fala como um calouro, como um passarinho que tem até hoje um pedaço da casca do ovo na cabeça. Afinal, por que ele deveria penhorar suas joias? E a quem deveria vendê-las? Em todo este país onde havia sido roubado, suas joias nada valiam; tampouco estava interessado nesse alívio que poderia resultar da penhora ou da venda delas. Além disso, se tivesse perdido suas joias, sabia muito bem que no portão da Cidade Celestial seria excluído de sua herança, o que seria para ele pior do que o surgimento e a vilania de dez mil ladrões!"

Esperançoso: "Por que essa rudeza, meu irmão? Esaú vendeu seu direito de progenitura por um prato de sopa encorpada, e esse direito de primogenitura era a sua joia mais importante. E, se ele o fez, por que não poderia Ateu fazer o mesmo também?"

Cristão: "Esaú realmente vendeu seu direito de progenitura, e muitos assim agem e, assim agindo, se excluem da bênção principal, como também fez aquele patife. Mas é preciso estabelecer uma diferença entre Esaú e Ateu, e também entre suas posses. O direito de progenitura de Esaú era nato, mas as joias de Ateu não eram. O ventre de Esaú era o seu Deus, mas o de Ateu não era. A necessidade de Esaú tinha a ver com seus apetites carnais, ao passo que este não era o caso de Ateu. Além do mais, Esaú era incapaz de enxergar além da satisfação de seus desejos… 'Afinal, estou a ponto de morrer', disse ele, 'e que benefício me concederá esse direito de progenitura?'. Quanto a Ateu, porém, embora fosse de seu feitio ter pouca fé, foi graças a sua pouca fé que se manteve longe dessas extravagâncias, e ele foi induzido a ver e valorizar suas joias, de preferência a vendê-las, como fez Esaú com seu direito de progenitura. Em nenhum lugar das Escrituras se pode ler que Esaú tinha fé, nem sequer pouca. Portanto, não é de surpreender que onde apenas a carne domina, como naquele no qual não há nenhuma fé para oferecer resistência, alguém vende seu direito de primogenitura, e sua alma e tudo, e isso ao demônio dos infernos, pois acontece aqui o que acontece com a jumenta que, na sua oportunidade, não consegue voltar atrás. Quando suas mentes estão fixadas em seus desejos sensuais, eles obtêm sua satisfação, custe o que custar. No entanto, Ateu tinha outra índole. Sua mente estava focada em coisas divinas. A base de sua vida se formava em coisas espirituais e vindas do alto. Que propósito ele, detentor de tal índole, teria para vender suas joias caso tivesse alguém que as comprasse, para ocupar sua mente de coisas vãs? Um homem iria gastar um centavo para encher a barriga de feno? Ou seria capaz de convencer uma rolinha a viver de carniça como o corvo? Ainda que aqueles que não têm fé possam, em virtude dos desejos carnais, penhorar ou hipotecar ou vender o que possuem, e também a si próprios, depressa e por inteiro, os que têm fé, a fé que salva, mesmo que apenas um pouco dela, não conseguem agir assim. Aqui, portanto, meu irmão, reside seu erro!"

Esperançoso: "Eu o reconheço, mas, ainda assim, a sua severa reflexão quase me levou à cólera!"

Cristão: "Por que isso, quando tudo o que fiz foi compará-lo a alguns pássaros pertencentes a uma espécie mais vivaz, que correm para cá e para lá, em vias calcadas, com a casca ainda sobre suas cabeças? Ah, deixe isso de lado e continuemos a considerar a matéria em discussão, e, assim, tudo ficará bem entre nós!"

Esperançoso: "Mas, Cristão, estou convencido, em meu íntimo, de que esses três indivíduos não passam de um grupo de covardes. Não se puseram em fuga, como o fizeram, ao perceber um ruído de alguém que vinha pela estrada? E por que Ateu não demonstrou mais coragem? Ele poderia, é o que me parece, lutar contra eles, e apenas ceder quando não houvesse mais nenhum recurso."

Cristão: "Não foram poucos os que declararam que eles são covardes, mas poucos assim consideraram por ocasião do julgamento. Quanto à grande coragem, Ateu não tinha nenhuma; e entendo, meu irmão, que, se fosse você o homem assaltado, seria a favor de um pouco de luta, para depois capitular. E, na verdade, fala em muita coragem agora, que eles estão distantes de nós, mas, caso surgissem aqui, como surgiram diante dele, talvez isso o fizesse pensar de outro modo. Outra coisa a considerar é que são apenas aprendizes de ladrões, são servos do rei do abismo sem fundo, o qual, se houver necessidade, virá em ajuda deles ele próprio, e sua voz é como o rugido de um leão. Eu mesmo estive envolvido como esse Ateu, e o tenho na conta de algo terrível. Esses três vilões me atacaram, e eu, começando a agir como um cristão, resisti. Tudo o que fizeram foi invocar seu mestre, que logo apareceu. Naquela situação, como se costuma dizer, minha vida não valia mais do que um centavo, mas, pela vontade de Deus, eu vestia uma armadura invulnerável. Sim! No entanto, apesar de estar tão protegido, custou-me um grande esforço livrar-me como um homem. Ninguém é capaz de dizer o que nos aguarda em tamanho combate, salvo aquele que esteve no campo de batalha!"

Esperançoso: "Sim, mas eles correram, perceba, porque acharam que um tal de Grande Graça dali se aproximava."

Cristão: "É verdade. Eles frequentemente fogem, como fugiram nessa ocasião, tanto eles quanto seu mestre, logo que Grande Graça surge, o que não é de admirar, pois este é o campeão do Rei. Contudo, espero que você consiga estabelecer alguma diferença entre Ateu e o campeão do Rei. Nem todos os súditos do Rei são seus campeões, nem podem, quando treinados, executar as proezas de guerra que ele executa. Seria o caso de acreditar que uma criança faria a Golias o que fez Davi? Ou que haveria a força de um boi em uma carriça?[23] Alguns são fortes, outros são fracos, alguns têm muita fé, outros, pouca. Esse homem era um dos fracos e, portanto, cedeu."

Esperançoso: "Eu gostaria que Grande Graça estivesse presente ali, em benefício deles."

Cristão: "Se ele estivesse ali, teria muito a fazer. Com efeito, devo lhe dizer que, embora Grande Graça seja formidável com suas armas e possa, se estiver pronto para combatê-los, muito bem lidar com eles, ainda assim, se conseguissem se aproximar dele, mesmo Covarde, Desconfiado ou o outro, seria difícil, mas poderiam derrubá-lo. E quando um homem está sobre o solo, o que pode fazer? Quem olhar bem no rosto de Grande Graça verá cicatrizes e cortes que facilmente demonstrarão o que digo. De fato, uma vez, eu o ouvi dizer, e isso durante um combate: 'Desesperamos também pela vida!'. Como esses inflexíveis patifes e seus companheiros fizeram Davi gemer, chorar e rugir? Sim, também Hemã e Ezequia, embora fossem campeões em sua época, tiveram de reagir com especial vigor contra eles ao serem atacados; e, apesar dessa vigorosa reação, suas armas foram inteiramente destroçadas por eles. Pedro, numa ocasião, quis fazer uma tentativa para apurar o que era capaz de fazer em relação a eles, mas, embora alguns realmente digam que ele é o príncipe dos apóstolos, aplicaram-lhe um tratamento que o fez, por fim, ter medo até de uma garota irada...

Além disso, o rei deles lhes ouve até o assobio... nunca deixa de ouvi-lo, e se, a qualquer hora, seus servos se encontrarem em apuros, ele, se possível, se apresenta para ajudá-los. E dele se diz: 'Nem espada, nem lança, nem dardo,

---

23. A carriça é uma pequena ave migratória de cor marrom encontrada com mais frequência na Europa, em grande parte da Ásia e também na América do Norte. (N.E.)

nem cota de malha de quem o ataca é capaz de suportar. Ele tem o ferro na conta de palha e o latão na conta de madeira podre. A flecha não é capaz de pô-lo em fuga. As pedras da funda com ele se tornam restolho. Dardos também são assim considerados, e ele ri daquele que brande uma lança!'. O que pode fazer um homem nesse caso? É verdade que, se um homem pudesse dispor a todo momento do cavalo de Jó, e tivesse destreza e coragem para cavalgá-lo, poderia executar coisas notáveis. Pois seu pescoço é trajado de trovão, ele não temerá como o gafanhoto, a glória de suas narinas é terrível, ele bate as patas no vale, regozija-se com sua força e parte para encontrar os homens armados. Zomba do medo e não se assusta nem volta atrás diante da espada. A aljava chocalha contra ele, a lança resplandecente e o escudo. Ele traga o solo com ferocidade e fúria e tampouco acredita que é o som da trombeta. Diz 'Ha-ha' entre os clarins e de longe fareja a batalha, o vozerio dos capitães e os brados...

No entanto, para pedestres,[24] como somos nós dois, que nunca desejemos topar com um inimigo, nem nos gabar de que faríamos melhor ao saber que outros se frustraram e foram derrotados, nem nos cobrir de lisonja ao pensarmos em nossa virilidade, pois o resultado disso, quando tentamos fazer algo, costuma ser péssimo. Veja o caso de Pedro, a quem mencionei antes. Ele gostava de se gabar, e como gostava... gostava de dizer, como a sua vaidade o induzia a falar, que faria o melhor e apoiaria mais o seu mestre do que todos os homens. Mas quem foi mais derrotado e depreciado do que ele por aqueles vilões?

Quando, portanto, ficamos sabendo que tais assaltos acontecem na estrada principal do Rei, nos cabe fazer duas coisas: primeira, sair envergando a couraça e nos assegurar de levar um escudo conosco, pois foi por falta disso que aquele que enfrentou Leviatã de forma tão vigorosa e audaciosa não pôde fazê-lo capitular. Com efeito, na ausência dessas coisas, ele não nos teme em absoluto. Portanto, aquele que tem perícia disse: 'Acima de tudo, tomem o escudo da fé, com o qual serão capazes de extinguir todos os dardos flamejantes do maligno!'.

---

24. No original, "*footmen*". O sentido é de alguém que anda a pé e não é cavaleiro, como um escudeiro ou um soldado de infantaria.

Também é positivo o nosso desejo, da parte do Rei, de uma escolta, antes que ele próprio venha nos acompanhar. Isso trouxe regozijo a Davi quando este se encontrava no Vale da Sombra da Morte. Quanto a Moisés, ele preferia morrer onde se encontrava a ter de dar um passo sem seu Deus. Ó, meu irmão, se Deus nos acompanhasse, qual seria a necessidade de temermos milhares de criaturas que se colocassem contra nós? Mas, sem Deus, os altivos ajudadores tombam no morticínio...

Eu, pessoalmente, já estive na luta outrora, e embora, graças à bondade Daquele que é o melhor, eu me encontre vivo, como pode ver, não posso me gabar de minha virilidade. Ficarei feliz se não topar mais com tais ataques violentos, ainda que tema que não tenhamos superado todos os perigos. Todavia, visto que o leão e o urso ainda não me devoraram, espero que Deus também venha a nos livrar do próximo filisteu não circuncidado.

> Pobre Ateu! Esteve entre os ladrões?
> Foi roubado? Que se lembre que o fiel,
> que mais fé conquista, se sagrará vencedor
> sobre dez mil, e quem dirá sobre três somente!

Assim, eles prosseguiram, enquanto Ignorância vinha atrás. Andaram até chegar a um lugar no qual viram uma estrada que partia da estrada onde eles estavam, e que parecia, além disso, tão reta quanto o caminho que deveriam trilhar. Naquele ponto, não sabiam que rumo tomar, pois ambos os caminhos, diante de seus olhos, lhes pareciam retos. Então, ali pararam para avaliar a situação e decidir o que fazer. E, enquanto pensavam que caminho tomar, apareceu um homem negro, que vestia um manto muito fino. O homem se aproximou deles e lhes perguntou por que permaneciam ali parados, ao que responderam que estavam indo para a Cidade Celestial, mas não sabiam qual daqueles dois caminhos tomar. "Sigam-me", disse o homem, "é para lá que estou indo!".

E eles o seguiram no caminho que não demorou para desembocar na estrada principal, mas que gradualmente exibia tantas curvas, os desviando da cidade a que se destinavam, que em pouco tempo seus rostos se encontraram na direção oposta. Contudo, continuaram a segui-lo. Por fim, antes que o percebessem, o homem conduziu ambos às proximidades de uma rede na qual foram tão enredados que não sabiam o que fazer. Então, o manto branco caiu das costas do homem negro e eles perceberam onde estavam. Por isso, ficaram ali a lamentar por algum tempo, já que não conseguiam libertar-se daquela rede.

Cristão disse ao companheiro: "Agora, percebo o erro que cometi. Os pastores não nos avisaram para tomar cuidados com os aduladores? Como diz o sábio, é nesta situação que nos encontramos agora: 'O homem que lisonjeia seu próximo estende uma rede sob seus pés!'".

Esperançoso: "E eles também nos deram um itinerário para seguirmos no caminho, para nos orientarmos com mais segurança, mas nós nos esquecemos de consultar o itinerário e não nos conservamos longe das sendas do destruidor. Neste caso, Davi foi mais sábio que nós, pois, como ele disse, 'com relação às obras dos homens, mediante a palavra de teus lábios, eu me conservei longe das sendas do destruidor.'"

Desse modo, presos na rede, permaneceram a se lamentar. No entanto, de repente, avistaram um homem que caminhava na direção deles empunhando um chicote de cordas finas. Ao chegar aonde eles estavam, o homem perguntou-lhes de onde vinham e o que faziam ali. Informaram-no que eram pobres peregrinos que se dirigiam a Sion, mas que tinham sido desencaminhados por um homem negro vestido de branco que os instruíra a segui-lo, dizendo que também se dirigia para lá. O homem que empunhava o chicote esclareceu que aquele homem negro era o Adulador, um falso apóstolo que se transformara num anjo de luz. O homem com o chicote, então, rasgou a rede e os libertou, dizendo: "Sigam-me para que eu possa levá-los de volta ao vosso caminho!". Assim, ele os levou de volta ao caminho que haviam abandonado para seguir Adulador. Então, o homem perguntou: "Onde dormiram na noite passada?". Disseram-lhe que haviam passado a noite com os pastores nas Montanhas Deleitáveis. O homem, então, perguntou se não tinham consigo um itinerário que havia sido entregue a eles pelos pastores. Responderam que sim. "Mas...", ele questionou, "quando estavam indecisos quanto ao caminho a tomar, pegaram o itinerário para consultá-lo?". Responderam que não. Aí ele perguntou: "Por quê?". Disseram que haviam se esquecido. Em seguida, ele perguntou se os pastores não os haviam alertado a respeito de Adulador, ao que responderam que sim, mas afirmando que não haviam imaginado que aquele homem tão bem-falante fosse ele.

Vi então em meu sonho que o homem lhes ordenou que se inclinassem; como obedeceram, ele os açoitou com severidade, para ensinar-lhes o caminho correto que deviam seguir. À medida que os chicoteava, dizia: "Repreendo e castigo tantos quantos amo. Assim, sejam zelosos e arrependam-se!". Depois, ele os instruiu a seguir adiante e prestar muita atenção nas outras orientações dos pastores. Eles agradeceram ao homem por toda a sua bondade e prosseguiram no caminho reto, numa marcha suave.

> Aproxima-te, você que o caminho percorre,
> veja como se dão mal os peregrinos que se extraviam!
> Numa rede apanhados, enredados,
> porque levianamente esqueceram-se dos bons conselhos.
> É verdade que foram socorridos, mas veja
> quão severamente foram castigados.
> Que isso sirva de cautela.

Logo depois, perceberam que alguém que estava distante se aproximava, e vinha sozinho, pela estrada principal, num passo suave na direção deles. Cristão disse ao companheiro: "Observe acolá um homem que dá as costas para Sion e que vem em nossa direção!".

Esperançoso: "Posso vê-lo. Tenhamos cuidado agora para não dar de cara com outro adulador."

O indivíduo foi encurtando a distância entre eles até, enfim, ficar bem próximo. Seu nome era Descrente, e ele lhes perguntou para onde iam.

Cristão: "Estamos indo para o Monte Sion.

Descrente desatou numa gargalhada.

Cristão: "O que significa essa risada?"

Descrente: "Só posso rir diante de sua ignorância ao empreender uma jornada tão tediosa para muito provavelmente nada obter depois de tanta fadiga."

Cristão: "Por quê? Você acha que não seremos recebidos lá?"

Descrente: "Recebidos? Em todo este mundo não existe esse lugar com o qual sonham!"

Cristão: "Mas existe no mundo vindouro."

Descrente: "Quando eu estava em casa, em meu país, ouvi falar disso que afirmam existir agora e, com base no que ouvi, saí de casa para verificar... e tenho procurado essa cidade há vinte anos. Mas não a encontrei até hoje, assim como não a encontrei no primeiro dia que saí de casa."

Cristão: "Nós ouvimos falar desse lugar e acreditamos que ele existe e que será encontrado."

Descrente: "Se eu não tivesse acreditado quando estava em casa, não teria percorrido toda esta distância em minha busca. Mas não encontrei nada... e, no entanto, se existisse esse lugar, eu deveria ter encontrado, pois fui mais longe do que vocês em minha procura... e agora estou voltando e procurarei usufruir das coisas às quais renunciei no passado, nutrindo esperanças por aquilo que agora vejo que não existe."

Cristão voltou-se, então, para seu companheiro Esperançoso, dizendo: "Será verdade o que esse homem disse?".

Esperançoso: "Tome cuidado! Ele é um dos aduladores. Lembre-se do que já nos custou, uma vez, ter dado ouvidos a esse tipo de gente. Como assim? Não existe o Monte Sion! Nós não vimos o portão a distância, quando estávamos na cidade das Montanhas Deleitáveis? Além disso, não deveríamos caminhar agora com base na fé? Vamos em frente para não sermos alcançados de novo pelo homem que empunha o chicote...

Deveria ter me ensinado aquela lição que vou pronunciar enfaticamente aos seus ouvidos: 'Cessa, meu filho, de ouvir a instrução que desvia das palavras do conhecimento!'. E eu digo, meu irmão, cessa de ouvi-lo e acreditemos na preservação da alma!".

Cristão: "Meu irmão, não lhe formulei a pergunta por duvidar da verdade de nossa crença, mas para submeter-lhe a um teste e colher de você um fruto da retidão de seu coração. Quanto a esse homem, sei que ele foi cegado pelo deus deste mundo. Sigamos nós dois nosso caminho, cientes de que somos possuidores da crença na verdade e de que nenhuma mentira pertence à verdade."

Esperançoso: "Agora, realmente me regozijo alimentado pela esperança da Glória de Deus!"

Depois disso, afastaram-se daquele homem, o qual, rindo deles, seguiu o seu caminho.

Vi então em meu sonho que sua caminhada os conduziu a um lugar cujo ar tendia naturalmente a produzir sonolência nos forasteiros. E foi ali que Esperançoso começou a sentir-se extremamente sonolento, motivo pelo qual disse a Cristão: "Começo a sentir tanto sono que mal consigo manter os olhos abertos. Vamos nos deitar aqui e tirar uma soneca!".

Cristão: "De modo algum! Se adormecermos, não acordaremos mais!"

Esperançoso: "Por que, meu irmão? Doce é o sono para o trabalhador. Poderemos recuperar as forças se tirarmos uma soneca."

Cristão: "Não se lembra de que um dos pastores nos instruiu para que tomássemos cuidado com a terra encantada? O que ele quis dizer é que devíamos tomar cuidado com o sono. Por isso, não devemos dormir, como fazem as outras pessoas. Pelo contrário, vamos nos manter em vigília e sóbrios."

Esperançoso: "Reconheço que estou em falta e, se eu estivesse aqui sozinho, ao dormir, correria o risco de morrer. Vejo quão verdadeiro é o que disse o sábio: 'Dois é melhor que um!'. Até aqui, sua companhia tem sido minha felicidade, por isso, você terá uma boa recompensa pelo seu trabalho."

Cristão: "Ora, para evitar a sonolência neste lugar, dediquemo-nos a uma boa conversa."

Esperançoso: "De todo o meu coração."

Cristão: "Por onde começaremos?"

Esperançoso: "Onde Deus começou conosco. Mas, se é de seu gosto, comece você..."

> Quando os santos sonolentos se tornam, que se aproximem,
> e ouçam como estes dois peregrinos dialogam:
> Sim, que deles de quaisquer maneiras aprendam
> a seus olhos sonolentos abertos manter.
> A comunidade dos santos, se bem administrada,
> despertos os conservam, e isso a despeito do inferno.

Então, Cristão instaurou o diálogo dizendo: "Vou lhe fazer uma pergunta. Como chegou, a princípio, a pensar em agir como age agora?".

Esperançoso: "Quer dizer como cheguei, a princípio, a pensar em cuidar do bem de minha alma?"

Cristão: "Sim... é o que quero dizer."

Esperançoso: "Prossegui por muito tempo gozando daquelas coisas que são vistas e vendidas em nossa feira, coisas que, como agora creio, caso nelas continuasse ainda a insistir, a mim teriam mergulhado na perdição e na destruição."

Cristão: "E que coisas eram essas?"

Esperançoso: "Todos os tesouros e as riquezas do mundo. Eu também extraía muito prazer de armar escândalos e criar tumultos, viver na libertinagem, beber, blasfemar, mentir, agir de maneira impura, desrespeitar o domingo[25] e sei lá mais o que tendesse a destruir a alma. Mas, por fim, descobri, ouvindo e considerando coisas que são divinas, o que na verdade ouvi de ti, como também do amado Fiel, que foi executado por sua fé e sua vida honesta na Feira das Vaidades, que o desfecho dessas coisas é a morte. E que, por causa dessas coisas, a ira de Deus cai sobre os filhos da desobediência."

Cristão: "E você se curvou logo diante do poder dessa convicção?"

Esperançoso: "Não. No início, eu não quis conhecer o mal do pecado nem a condenação, que é a consequência do seu cometimento, mas me esforcei, quando minha mente foi tocada pela palavra, a fechar os olhos diante de sua luz."

Cristão: "Mas qual foi a causa de sua resistência ante as primeiras obras do Espírito abençoado de Deus sobre você?"

Esperançoso: "Foi mais de uma causa. Em primeiro lugar, eu ignorava que isso fosse uma obra de Deus sobre mim. Nunca pensei que Deus iniciasse a conversão de um pecador convencendo-o do pecado; em segundo lugar, o pecado ainda agradava muito ao meu corpo, e eu relutava em abandoná-lo; em terceiro lugar, era incapaz de expressar como separar-me de meus velhos

---

25. No original, "*Sabbath-breaking*"; literalmente, transgredir ou profanar o sábado, na perspectiva dos judeus. (N.T.)

companheiros, cuja presença e cujas ações se mantinham tão desejáveis para mim; em quarto lugar, as horas nas quais experimentava aquela convicção eram horas tão incômodas e amedrontadoras que eu não podia suportar sequer alimentar a recordação delas em meu coração."

Cristão: "Então, parece que, às vezes, você se livrava de sua perturbação?"

Esperançoso: "Sim, de fato, mas tudo voltava à minha mente de novo, e eu ficava num estado tão ruim ou mesmo pior do que antes."

Cristão: "Por quê? O que causava o retorno de teus pecados à sua mente de novo?"

Esperançoso: "Muitas coisas... A princípio, se topava na rua com um homem de bem. Depois, se ouvia alguém fazer alguma leitura da Bíblia ou se a cabeça começasse a doer... Se fosse informado que algum dos meus vizinhos estava doente ou se ouvia o dobre dos finados relativo a alguém que houvesse morrido... Se pensava em eu próprio morrer ou se ouvia falar que outras pessoas tinham sido atingidas por uma morte súbita. Mas, sobretudo, quando pensava que eu mesmo tinha de ser rapidamente julgado."

Cristão: "E podia, a qualquer tempo, facilmente livrar-se da culpa do pecado quando por qualquer um desses canais ele o assaltava?"

Esperançoso: "Em absoluto, pois, então, se apoderava mais intensamente de minha consciência. E, nesse caso, se tudo o que eu fazia era pensar em retornar ao pecado, embora minha mente se opusesse a isso, representava um duplo tormento para mim."

Cristão: "E o que você fazia nessa situação?"

Esperançoso: "Pensava que devia me empenhar em corrigir minha vida, pois, caso não agisse assim, conforme eu refletia, tinha certeza de que estaria condenado."

Cristão: "E se fizesse um esforço para corrigir-se?"

Esperançoso: "Sim. Eu não só me afastei de meus pecados como também dos companheiros de pecado, e recorri aos deveres religiosos, como a oração, a leitura, prantear pelos pecados, falar a verdade aos meus próximos, etc. Coisas desse tipo eu fiz, bem como muitas outras, inúmeras para serem aqui relatadas."

Cristão: "E a essa altura pareceu que estava bem?"

Esperançoso: "Sim, por algum tempo, mas, ao fim, fui novamente assaltado por minha perturbação, e isso apesar de todas as correções que havia feito."

Cristão: "E como explicar isso, sendo que, agora, tinha produzido uma reforma em sua vida?"

Esperançoso: "Havia diversas coisas que me perturbavam, sobretudo frases como as seguintes: 'Toda a nossa retidão é como andrajos sujos!', 'Nenhum homem se tornará justo pelas obras da Lei!', 'Depois de teres realizado todas as coisas, que se diga que somos inúteis!', e muitas outras semelhantes. Com base nisso, refleti comigo mesmo nos seguintes termos: se toda a minha retidão é como andrajos sujos, se, pelas obras da Lei, nenhum homem pode se tornar justo, e se, depois de havermos realizado todas as coisas, somos, no entanto, inúteis, então, não passa de insensatez pensar no Céu pela Lei. Também pensei o seguinte: se alguém se endivida em cem libras com um comerciante e posteriormente paga tudo o que compra, ainda assim, sua antiga dívida permanece não saldada, pelo que o comerciante pode processá-lo e mandá-lo para a prisão até que ele pague sua dívida."

Cristão: "Bem, e o que tem a ver isso com o seu caso? Como aplica isso a si mesmo?"

Esperançoso: "Ora, refleti o seguinte comigo mesmo: em virtude dos meus pecados, incorri em muitos débitos no livro de Deus, e minha atual reforma moral não quitará esses débitos. Consequentemente, ao longo de minhas presentes correções, eu ainda pensava: 'Como serei libertado da condenação a que me expus por causa de minhas transgressões anteriores?'"

Cristão: "Aplicou-se de maneira excelente. Mas, por favor, prossiga."

Esperançoso: "Outra coisa que tem me perturbado é que, se examino com minuciosidade o que de melhor faço agora, continuo vendo pecado, pecado novo a se misturar com as minhas melhores ações, de modo que, agora, sou forçado a concluir que, a despeito do meu anterior extremoso orgulho de caráter pessoal e de minha autoestima, em relação aos deveres, cometi pecados suficientes num único dia para enviar-me ao inferno, ainda que minha vida passada tivesse sido sem faltas."

Cristão: "E o que você fez, então?"

Esperançoso: "O que eu fiz? Não era capaz de dizer o que fazer, até que me abri com Fiel, já que ele e eu nos conhecíamos muito bem. Disse-me ele então que, a não ser que eu conseguisse obter a retidão de um homem que jamais pecara, nem a minha própria nem toda a retidão do mundo poderiam salvar-me!"

Cristão: "E você achava que o que ele dizia era verdadeiro?"

Esperançoso: "Se ele tivesse me dito isso quando minha autocorreção me agradava e me trazia satisfação, e eu o teria chamado de idiota por essa sua opinião, mas, agora, considerando que percebo minha própria debilidade, e o pecado que penetra minha melhor conduta, tenho sido forçado a partilhar de sua opinião."

Cristão: "Mas, quando ele fez essa sugestão a você pela primeira vez, pensou que tal homem existia para ser encontrado e que dele se pudesse dizer com justiça que jamais cometera pecado?"

Esperançoso: "Devo confessar que suas palavras, de início, soaram estranhas, porém, depois de eu conversar com ele e fruir de sua companhia um pouco mais, me convenci inteiramente a respeito daquilo."

Cristão: "E perguntou a ele que homem era esse, e como devia torná-lo justo e reabilitado por intermédio dele?"

Esperançoso: "Sim, e ele me disse que era o Senhor Jesus, 'aquele que se acha à direita do Altíssimo e, assim', continuou, 'deves tornar-te justo e seres perdoado por intermédio dele, confiando no que ele realizou com relação a si mesmo quando sob o manto de carne, e sofreu quando pendeu da Árvore'.[26] Além disso, perguntei-lhe: 'Como a retidão daquele homem pode ser de tal eficácia a ponto de trazer justiça e perdão relativamente a outro homem?'. E ele me respondeu: 'Ele era o Deus poderoso e fez o que fez, e, inclusive, morreu a morte não para si mesmo, mas para mim, a quem suas ações e a dignidade destas deviam ser imputadas, se eu Nele acreditasse.'"

Cristão: "E o que você fez, então?"

Esperançoso: "Foi para mim difícil acreditar, pois pensava que Ele não queria me salvar."

---

26. No original, *"when he did hang on the Tree"*, ou seja, quando foi crucificado. (N.T.)

Cristão: "E o que Fiel disse a você, então?"

Esperançoso: "Disse-me para dirigir-me a Ele e ver, ao que retruquei que isso seria presunção de minha parte. Mas ele acrescentou: 'Não, pois foste convidado a vir!'. A seguir, ele me deu um livro composto por Jesus, encorajando-me a manifestar-me com maior liberdade. E, com respeito àquele livro, ele me disse que cada i e pingo do i eram mais firmes do que o Céu e a Terra. Perguntei-lhe, então: 'O que devo fazer ao chegar?'. E ele respondeu que eu devia ajoelhar-me com todo o coração e toda a alma diante do Pai para que Ele fosse revelado a mim. Perguntei-lhe, ainda, como devia fazer minhas súplicas a Ele. Fiel respondeu: 'Vai, e você o encontrará sobre um propiciatório, onde Ele senta durante todo o ano, a fim de conceder perdão aos que chegam!'. Eu falei que não sabia o que deveria dizer quando chegasse, e ele me instruiu a dizer o seguinte: 'Deus, tem misericórdia de mim, um pecador, e faz-me conhecer e crer em Jesus Cristo, pois vejo que, se sua retidão não tiver existido, ou se eu não tiver fé nessa retidão, serei totalmente proscrito. Senhor, ouvi falar que és um Deus misericordioso que ordenou que Seu Filho Jesus Cristo fosse o Salvador do mundo e, além disso, que quer concedê-lo a um pobre pecador como sou eu... e realmente sou um pecador. Senhor, toma, portanto, este ensejo e engrandece Sua graça na salvação de minha alma por intermédio de Seu Filho Jesus Cristo, Amém!'"

Cristão: "E fez como lhe foi instruído?"

Esperançoso: "Sim, repetidas vezes."

Cristão: "E o Pai revelou Seu Filho?

Esperançoso: "Nem da primeira, nem da segunda, nem da terceira, nem da quarta, nem da quinta, tampouco da sexta vez."

Cristão: "O que você fez, então?"

Esperançoso: "O quê? Não saberia expressar o que fiz!"

Cristão: "Não passa por sua cabeça parar de orar?"

Esperançoso: "Sim, mais de uma centena de vezes pensei nisso."

Cristão: "E por que não parou?"

Esperançoso: "Acreditei ser verdadeiro o que a mim disseram, a saber, que, sem a retidão de Cristo, nem todo o mundo poderia salvar-me, portanto, pensei comigo mesmo: 'Se paro de orar, eu morro, e só posso morrer no trono da Graça!'. E, ao mesmo tempo, pensei o seguinte: 'Se demora, espera, porque certamente virá e não tardará!'. Assim, continuei orando até que o Pai me revelasse Seu Filho."

Cristão: "E como Ele lhe foi revelado?"

Esperançoso: "Não o vi com os olhos do meu corpo, mas com os olhos de meu entendimento, e aconteceu como relato a seguir. Um dia, eu estava muito triste, acho que mais triste do que em qualquer outra ocasião de minha vida, e essa tristeza se devia a uma nova visão de quão grandes e vis eram meus pecados. E, naqueles momentos, quando tudo o que contemplava era o inferno e a condenação eterna de minha alma, subitamente, como pensei, vi o Senhor Jesus lançar do Céu um olhar sobre mim e dizer 'Crê no Senhor Jesus Cristo e serás salvo!'.

Respondi, porém: 'Senhor, sou detentor de muitos pecados, muitíssimos!'. Ele, então, disse: 'Minha graça é suficiente para ti!'. Disse eu, depois: 'Mas, Senhor, o que é crer?'. Então, percebi, com base nas palavras do Evangelho que afirmam que 'todo aquele que vier a mim não passará fome, e todo aquele que acredita em mim não passará sede', que crer, acreditar, e vir eram a mesma coisa, e que aquele que ia até Jesus, isto é, que ia com amor e afeto em busca da salvação pelo Cristo, realmente acreditava em Cristo. Naqueles momentos, lágrimas inundaram meus olhos, e eu ainda perguntei: 'Mas, Senhor, é possível que um grande pecador como eu seja realmente aceito e salvo por você?'. E eu o ouvi dizer: 'Aquele que vier a mim, de maneira alguma será por mim rejeitado!'. E então eu disse: 'Mas o que devo pensar, Senhor, ao me aproximar de ti, para que minha fé seja corretamente baseada no Senhor?'. Ele respondeu: 'Cristo Jesus veio ao mundo para salvar os pecadores. Ele é o fim da Lei de retidão para todos aqueles que creem. Morreu por nossos pecados e ressuscitou para nos tornar justos. Ele nos amou e nos lavou de nossos pecados em seu próprio sangue. É mediador entre Deus e nós. Vive sempre para intermediar por nós!'. De tudo isso, concluí que devo buscar a retidão em sua pessoa e a reparação de meus pecados pelo seu sangue; que aquilo que ele fez em obediência à Lei de seu Pai, e submetendo-se à punição decorrente disso, não foi em favor de si mesmo, mas em favor daquele que o aceitará para sua salvação e que é grato. Então, nesse momento, meu coração estava repleto de alegria, meus olhos, marejados de lágrimas, e minhas afeições, transbordando de amor pelo nome, pelo povo e pelos caminhos de Jesus Cristo!"

Cristão: "Foi realmente uma revelação de Cristo à sua alma, mas conte-me, em particular, qual efeito isso teve em seu espírito."

Esperançoso: "Fez-me ver que todo o mundo, apesar de toda a sua retidão, encontra-se num estado de condenação. Fez-me ver que Deus, o Pai, ainda que seja justo, pode justamente tornar justo o pecador que vem a Ele. Tornou-me imensamente envergonhado da vileza de minha vida passada e confundiu-me com a percepção de minha própria ignorância. Com efeito, jamais antes desse momento surgira em meu íntimo um pensamento que me mostrasse assim a beleza de Jesus Cristo. Levou-me a amar uma vida santa e a ansiar por fazer algo em favor da honra e da glória do nome do Senhor Jesus. Sim... pensei que, se tivesse eu, então, mil galões de sangue em meu corpo, poderia derramá-lo todo por amor do Senhor Jesus."

Vi, então, em meu sonho que Esperançoso olhou para trás e avistou Ignorância, o qual eles haviam deixado para trás, que, portanto, caminhava atrás deles. "Olha", disse Esperançoso a Cristão, "aquele jovem lá longe como avança devagar!".

Cristão: "Sim, sim, eu o vejo. Ele não se interessou pela nossa companhia."

Esperançoso: "Mas penso que, se ele tivesse nos acompanhado até aqui, não lhe teria feito nenhum mal."

Cristão: "É verdade, mas, com certeza, ele pensa de outra maneira."

Esperançoso: "É o que me parece, mas, de qualquer modo, vamos esperar por ele."

E assim fizeram.

Então, Cristão dirigiu-lhe a palavra: "Vamos, homem, por que permanece tão atrás?".

Ignorância: "Extraio prazer de caminhar sozinho, muito mais do que de andar acompanhado, a menos que seja uma companhia de minha preferência."

Nesse momento, Cristão disse baixinho a Esperançoso: "Eu não lhe disse que ele não estava interessado em nossa companhia? Entretanto, vamos em frente, passemos o tempo a conversar neste lugar ermo!". Então, voltando a dirigir-se a Ignorância, ele perguntou: "E você, como está? Qual é a situação agora entre Deus e sua alma?".

Ignorância: "Espero que bem, pois estou sempre repleto de sugestões positivas que me vêm à mente para confortar-me à medida que caminho."

Cristão: "Quais sugestões positivas? Por favor, nos informe!"

Ignorância: "Ora, penso em Deus e no Céu."

Cristão: "O mesmo fazem os demônios e as almas danadas."

Ignorância: "Mas eu penso neles e os desejo."

Cristão: "Também pensa assim um grande número daqueles que muito provavelmente jamais os alcançarão. A alma do preguiçoso deseja e não possui nada."

Ignorância: "Mas penso neles e a tudo renuncio por eles."

Cristão: "Disso eu duvido, pois a tudo renunciar é algo difícil; em verdade, uma atitude mais difícil do que está ciente a maioria das pessoas. Mas por que, ou pelo que, está persuadido de que renunciou a tudo por Deus e o Céu?"

Ignorância: "Meu coração o revela a mim."

Cristão: "Mas o sábio diz: 'Aquele que confia no próprio coração é um tolo!'"

Ignorância: "A referência, nesse caso, é a um coração mau, ao passo que o meu é bom."

Cristão: "Mas como pode provar tal coisa?"

Ignorância: "Ele a mim conforta pela esperança do Céu."

Cristão: "O que pode acontecer através da propensão para enganar do coração, já que é possível que o coração de um homem o conforte na esperança relativa a uma coisa pela qual não possui ele ainda base para ter esperança."

Ignorância: "Mas meu coração e minha vida estão de acordo, portanto, há um fundamento firme para minha esperança."

Cristão: "Quem lhe disse que seu coração e sua vida estão de acordo?"

Ignorância: "Meu coração o disse."

Cristão: "'Pergunta ao meu companheiro se sou um ladrão!'. Assim diz o seu coração! Somente a palavra de Deus serve de testemunho nessa matéria. Qualquer outro testemunho não tem valor."

Ignorância: "Mas não é o bom coração que contém bons pensamentos? E não é a vida no bem que está de acordo com os mandamentos de Deus?"

Cristão: "Sim. É o coração bom que contém bons pensamentos e a vida no bem que está de acordo com os mandamentos de Deus. Mas, realmente, uma coisa é ser possuidor disso, e outra coisa é apenas concebê-lo."

Ignorância: "Por favor, o que considera bons pensamentos e uma vida de acordo com os mandamentos?"

Cristão: "Há bons pensamentos de diversos tipos; alguns que dizem respeito a nós mesmos, alguns que dizem respeito a Deus, alguns que dizem respeito a Cristo e alguns, ainda, que dizem respeito a algumas outras coisas."

Ignorância: "Quais são os bons pensamentos que dizem respeito a nós mesmos?"

Cristão: "Aqueles que se harmonizam com a palavra de Deus."

Ignorância: "E quando nossos pensamentos que dizem respeito a nós mesmos se harmonizam com a palavra de Deus?"

Cristão: "Quando o julgamento que pronunciamos a respeito de nós mesmos é igual ao pronunciado pela palavra de Deus. Eu explico: a palavra de Deus refere-se a pessoas que se encontram numa condição natural; não há nenhum justo, não há nenhum homem que faz o bem. Diz também a palavra de Deus: 'Tudo que é concebido pelo coração humano é somente mau, e isto continuamente!'. E também: 'O que é concebido pelo coração do homem é mau desde sua juventude!'. Ora, então, quando pensamos nesses termos de nós mesmos, tendo o sentimento disso, nossos pensamentos são bons, porque estão em harmonia com a palavra de Deus."

Ignorância: "Nunca acreditarei que meu coração chegue a ser tão mau assim!"

Cristão: "Então, nunca teve um bom pensamento no que diz respeito a si mesmo em sua vida. Mas deixe-me prosseguir... Assim como a palavra de Deus pronuncia um julgamento do nosso coração, pronuncia também um julgamento dos nossos caminhos, e quando nossos pensamentos de nossos corações e nossos caminhos se harmonizam com o julgamento que a palavra de Deus pronuncia relativamente a ambos, então, ambos são bons, porque concordantes com ela."

Ignorância: "Esclareça o que quer dizer."

Cristão: "Ora, a palavra de Deus diz que os caminhos do ser humano são caminhos tortuosos, não bons, mas perversos; diz que os homens estão naturalmente fora do bom caminho, que não o conheceram. Ora, quando um ser humano pensa dessa forma sobre seus caminhos, digo, quando assim pensa de forma sensata e com humildade no coração, tem, então, bons pensamentos de seus próprios caminhos, porque seus pensamentos, então, se harmonizam com o julgamento da palavra de Deus."

Ignorância: "Quais são os bons pensamentos que dizem respeito a Deus?"

Cristão: "Como eu disse, no que diz respeito a nós mesmos, nossos pensamentos sobre Deus se harmonizam com o que a palavra de Deus diz dele, ou seja, quando pensamos em seu ser e em seus atributos como a palavra de Deus ensinou. Quanto a falar de Deus com referência a nós, temos pensamentos corretos sobre Ele quando pensamos que Ele nos conhece melhor do que conhecemos a nós mesmos e que é capaz de ver o pecado em nós quando e onde não somos capazes de ver nenhum pecado em nós. Quando pensamos que Ele conhece nossos pensamentos mais íntimos, nosso coração, com toda a sua profundidade, está sempre aberto para seus olhos. Também quando pensamos que toda a nossa retidão fede em suas narinas e que, consequentemente, Ele não suporta nos ver postados diante dele abrigando em si qualquer confiança, a despeito da nossa melhor conduta."

Ignorância: "Acha que eu sou tão tolo a ponto de pensar que Deus é incapaz de ver mais do que eu? Ou que eu iria colocar-me diante de Deus em meio à minha melhor conduta?"

Cristão: "Ora, o que pensa quanto a essa questão?"

Ignorância: "Em síntese, penso que devo acreditar em Cristo para me tornar justo e reabilitado."

Cristão: "Como? Pensa que deve crer em Cristo quando não enxerga sua necessidade Dele! Não vê nem suas fraquezas originais nem as atuais, mas alimenta uma opinião tal de si mesmo e do que faz que se torna claramente alguém que jamais percebeu uma necessidade da retidão pessoal de Cristo que o absolva e reabilite perante Deus. Como, então, afirma: 'Eu acredito em Cristo?'"

Ignorância: "Por conta de tudo isso, acredito suficientemente bem!"

Cristão: "Como acredita?"

Ignorância: "Acredito que Cristo morreu pelos pecadores, e que serei absolvido perante Deus da maldição ligada aos pecados, pela sua graciosa aceitação de minha obediência a sua Lei. Assim, Cristo torna meus deveres religiosos aceitáveis ao seu Pai em virtude de seus méritos, com o que serei absolvido, reabilitado e tornado justo."

Cristão: "Deixe-me dar uma resposta a essa confissão de sua fé...

Em primeiro lugar, você crê com uma fé fantástica, pois essa fé não é descrita em lugar algum da palavra de Deus. Crê com um falsa fé, porque ela toma a justificação proveniente da retidão pessoal de Cristo e a aplica a sua própria. Essa fé não faz de Cristo o justificador de sua pessoa, mas de suas ações, e de sua pessoa em função de suas ações, o que é falso. Consequentemente, essa fé é enganosa, a ponto de expô-lo à ira no dia de Deus onipotente; com efeito, a verdadeira fé justificadora estimula a alma, que está ciente de sua condição perdida perante a Lei, a buscar refúgio na retidão de Cristo, retidão que não é um ato da graça, por intermédio do qual Ele faz sua obediência ser aceita por Deus a título de justificação, mas, antes, é sua obediência pessoal à Lei no fazer e sofrer por nós aquilo que se exigia de nós. Digo que essa retidão aceita a verdadeira fé, sob cuja aba, estando a alma abrigada e por ela apresentada como imaculada perante Deus, também é aceita e absolvida, escapando da condenação."

Ignorância: "O quê!? Quer que confiemos apenas no que Cristo fez por si só, sem nós? Essa confiança soltaria as rédeas de nossos apetites e nos permitiria viver segundo nossos desejos. Pois, veja, o que importa como vivemos se nos é possível sermos tornados justos pela retidão pessoal de Cristo em relação a tudo, desde que nela acreditemos?"

Cristão: "Ignorância é o seu nome, e como é seu nome, é você, e essa sua resposta demonstra o que digo. Ignora o que seja a retidão que torna justo e também não sabe como proteger sua alma por meio de sua fé da pesada ira de Deus. Sim, é também ignorante dos verdadeiros efeitos da fé salvadora nessa retidão de Cristo, que é curvar-se e conquistar o coração para Deus em Cristo, amar Seu nome, Sua palavra, Seus caminhos e Seu povo. E não é como você imagina na sua ignorância!"

Esperançoso: "Pergunte a ele se, algum dia, Cristo lhe foi revelado do Céu."

Ignorância: "O quê!? É um homem das revelações! Creio que aquilo que ambos e todo o resto dizem acerca dessa matéria não passa de fruto de cérebros perturbados!"

Esperançoso: "Ora, homem! Cristo está tão oculto em Deus a partir das percepções naturais de todo o corpo que não é possível que seja conhecido por nenhum homem no que diz respeito à salvação, a menos que Deus, o Pai, O revele a ele."

Ignorância: "Essa é a sua fé, mas não a minha. E não duvido de que a minha seja tão boa quanto a sua, embora não tenha em minha cabeça tantas extravagâncias como a sua tem."

Cristão: "Permita-me que eu acrescente algo: você não deve se referir com leviandade a esse assunto, pois afirmarei de maneira audaz, tal como o fez meu companheiro, que nenhum ser humano pode conhecer Jesus Cristo exceto pela revelação do Pai; antes, também a fé, pela qual a alma se agarra ao Cristo, se tem retidão, deve ser formada pela extraordinária grandeza de Seu poder. E, pelo que percebo, não conhece, pobre Ignorância, a ação dessa fé. Desperte, então, contemple sua própria miséria e recorra ao Senhor Jesus; e por meio de Sua retidão, que é a retidão de Deus... pois Ele próprio é Deus... você será libertado da condenação!"

Ignorância: "Vocês andam tão depressa que não consigo manter a mesma marcha. Caminhem à frente, que devo permanecer um pouco mais atrás."

Então, Cristão disse:

>Bem, Ignorância, será ainda tolo
>a ponto de desprezar o bom conselho lhe dado dez vezes?
>E, se insiste em recusá-lo, conhecerá,
>em breve, o mal por assim agir.

Pense a tempo, humilhe-se, não receie,
o bom conselho bem acolhido salva. Portanto, ouça.
Mas, se ainda assim o desprezar, você será
o Ignorância perdedor, isso lhe garanto.

Em seguida, Cristão dirigiu a palavra ao seu companheiro: "Bem, vamos em frente, meu bom Esperançoso. Percebo que você e eu temos de caminhar sozinhos de novo."

Assim, vi em meu sonho que eles prosseguiram numa marcha acelerada, enquanto Ignorância se movia de forma desajeitada atrás deles. Cristão disse, então, ao companheiro: "Sinto muita pena desse pobre homem, o qual certamente acabará mal, se continuar assim!".

Esperançoso: "Ai de nós! Há um grande número de pessoas nessa condição em nossa cidade; na verdade, famílias inteiras, ruas inteiras, inclusive aquelas dos peregrinos; e se há tantas em nossa região, quantas acha que existem no lugar em que ele nasceu?"

Cristão: "Realmente, diz a palavra de Deus: 'Ele cegou seus olhos para que não pudessem ver, etc.'. Mas, agora que estamos sós, o que pensa de tais homens? Será que em momento algum estiveram convencidos do pecado, de modo a temer que sua condição seja perigosa?"

Esperançoso: "Prefiro que você, mais velho, responda também a essa pergunta."

Cristão: "Digo, e é esta minha opinião, que talvez estejam convencidos disso, porém, pelo fato de serem naturalmente ignorantes, não entendem que essa convicção tende a contribuir para o próprio bem. Por consequência, procuram desesperadamente eliminá-la e, com presunção, continuam lisonjeando a si mesmos no caminho de seus próprios corações."

Esperançoso: "Acredito, como diz, que o medo tende muito a concorrer para o bem dos seres humanos, para conduzi-los à retidão, quando iniciam sua peregrinação."

Cristão: "Não há a menor dúvida de que o medo assim atua, se for legítimo, pois, segundo a palavra de Deus, 'o temor do Senhor é o princípio da sabedoria!'"

Esperançoso: "E como você descreveria o medo legítimo?"

Cristão: "O medo verdadeiro, ou legítimo, se identifica por meio de três coisas. Pela sua origem, uma vez que é produzido por convicções salvadoras relativas ao pecado; leva a alma a agarrar-se a Cristo em busca da salvação e gera e preserva na alma uma grande reverência a Deus, à sua palavra e aos seus caminhos, mantendo-a terna e a tornando temerosa de desviar-se deles, à direita ou à esquerda, para qualquer coisa que possa desonrar a Deus, romper a paz da alma, afligir o Espírito ou fazer o Inimigo pronunciar palavras em tom de censura."

Esperançoso: "Discursou bem, e creio que disse a verdade. Falta pouco para sairmos da terra encantada?"

Cristão: "Por quê? Está cansado dessa nossa conversa?"

Esperançoso: "De fato, não. Apenas gostaria de saber onde estamos."

Cristão: "Temos pouco mais de três quilômetros a percorrer. Mas voltemos ao nosso assunto. Ora, os ignorantes desconhecem que tais convicções que tendem a lhes transmitir medo são para o seu bem, então, procuram eliminá-las."

Esperançoso: "Como procuram eliminá-las?"

Cristão: "Pensam que esses medos são criados por um demônio, quando, na verdade, são criados por Deus, e, assim pensando, resistem a eles como se fossem coisas que tendem diretamente a contribuir para sua ruína. Também pensam que esses medos tendem a destruir sua fé, quando, ai deles...! Pobres homens que são, carecem totalmente de fé. O resultado disso é que endurecem seus corações contra os temores. Por sua vez, presumem que não devem temer e, consequentemente, não obstante tais temores, tornam-se confiantes até as raias da presunção. Por fim, percebem que esses medos tendem a lhes subtrair aquele seu velho sentimento deplorável da própria santidade, de maneira que resistem a eles com toda a capacidade de que dispõem."

Esperançoso: "Eu próprio conheço algo disso, pois, antes de conhecer a mim mesmo, era o que ocorria comigo."

Cristão: "Bem, deixaremos, agora, nosso vizinho Ignorância por conta de si mesmo e iremos analisar uma outra questão proveitosa."

Esperançoso: "De todo o coração! Porém, mais uma vez, lhe cabe instaurar a questão."

Cristão: "Pois bem! Não conheceu, há cerca de dez anos, em sua região, um tal de Temporário, que era, então, um homem de vanguarda em matéria de religião?"

Esperançoso: "Se o conheci? Sim. Ele morava na Cidade Destituída de Graça, uma cidade a cerca de duas milhas de Honestidade, e morava bem ao lado de um tal de Contraditório."

Cristão: "Certo. Na verdade, morava sob o mesmo teto dele. Bem, esse indivíduo, uma vez, estava bastante desperto. Acredito que, nessa ocasião, dispunha de alguma visão de seus pecados e sabia o preço que devia pagar por eles."

Esperançoso: "Concordo contigo, pois, como minha casa ficava a cerca de cinco quilômetros da casa dele, frequentemente, ele me visitava, vertendo muitas lágrimas. Eu realmente tinha pena daquele homem e nutria alguma esperança em relação a ele. No entanto, dá para perceber que nem todo aquele que brada 'Senhor, Senhor...' entrará no reino dos Céus."[27]

Cristão: "Ele me disse, uma vez, que estava decidido a empreender uma peregrinação, como nós fazemos agora. Entretanto, de repente, conheceu um tal Salvador de Si Mesmo e, então, tornou-se um estranho para mim."

Esperançoso: "Bem, já que estamos falando sobre ele, façamos uma rápida análise em torno da razão de sua súbita renúncia e da de outros semelhantes."

Cristão: "Isso pode ser de grande proveito. Mas você deve começar."

Esperançoso: "Bem, a meu ver, há quatro motivos para esse tipo de coisa... A princípio, embora as consciências de tais pessoas estejam despertas, suas mentes não mudaram. Por isso, quando a força da culpa diminui, o que as estimulava a serem religiosas cessa. E, por consequência, elas naturalmente voltam ao comportamento anterior, assim como vemos o cão que ficou doente em consequência do que comeu, enquanto dura sua doença, vomitar

---

27. Este último trecho aqui traduzido ([...] entrará no reino dos Céus) não consta no original, mas sua inclusão, mesmo que conjectural, parece necessária. Adotei a solução sugerida pela tradução italiana de 1863, *Il Pellegrinaggio del Cristiano*, Firenze (Tip. Claudiana, diretta da R. Trombetta), pois está em consonância com o Novo Testamento. (N.T.)

e expulsar do corpo tudo o que comeu. Não que ele o faça voluntariamente, se é que podemos dizer que um cão é dotado de vontade, mas, sim, porque isso transtornou seu estômago. Porém, agora que sua doença cessou, e o seu estômago está aliviado, e seus desejos não estão em absoluto refreados pelo vômito, ele se vira e passa a lamber todo o vômito. Isso confirma o que se diz, 'o cão retorna ao seu próprio vômito'. Como isso é ardente para o Céu, apenas por causa do sentimento e do medo dos tormentos do inferno, à medida que a percepção do inferno e dos temores da condenação arrefece e resfria, os desejos dessas pessoas pelo Céu e a salvação também arrefecem. O que acontece, então, é que, quando a culpa e o medo delas desaparecem, seus anseios pelo Céu e pela felicidade perecem, e elas voltam ao seu comportamento anterior. Outro motivo se deve ao fato de abrigarem temores abjetos que as dominam de verdade. Refiro-me, agora, aos medos que experimentam dos homens, pois o medo dos homens traz consigo uma armadilha. Assim, ainda que pareçam ardentes em relação ao Céu, enquanto as chamas do inferno circundam suas orelhas, e mesmo que esse terror tenha sido atenuado, na dúvida, elas recorrem a pensamentos alternativos, a saber, que convém ser sábio e não correr o risco de perder tudo, embora não se saiba o quê, ou de se meter em problemas inevitáveis e desnecessários. E, assim, voltam a mergulhar no mundo. A vergonha que decorre da religião constitui o terceiro motivo, um obstáculo em seu caminho. As pessoas são orgulhosas e altivas e, aos seus olhos, a religião é servil e desprezível. Portanto, quando perdem a percepção do inferno e da ira vindoura, retornam à sua conduta anterior. Por fim, a culpa e a meditação em torno do terror lhes são aflitivas... não gostam de contemplar sua miséria antes de incorrer nela, isso embora, talvez, a visão inicial dela, se essa visão lhes agradasse, pudesse fazê-las fugir para onde os justos fogem e estão seguros. Mas porque, como sugeri antes, se esquivam dos pensamentos de culpa e terror, resulta que, uma vez que tenham se livrado do seu despertar em torno dos terrores e da ira de Deus, é com contentamento que endurecem seus corações e escolhem os caminhos que os endurecerá cada vez mais."

Cristão: "Seu entendimento da questão foi quase completo, já que tudo depende da ausência de mudança em suas mentes e suas vontades. E, dessa forma, as pessoas são como o réu diante do juiz, que titubeia e treme e parece arrepender-se sinceramente, quando tudo que existe é o medo de morrer na forca, e não algum sentimento de abominação voltado contra a transgressão da lei... e isso é evidente, porque, na hipótese de a pessoa recuperar a liberdade, continuará sendo um bandido e, assim, ainda, um patife, ao passo que, se sua mente tivesse experimentado uma mudança, seria outra pessoa."

Esperançoso: "Bem, agora que lhe apresentei os motivos da reincidência dessas pessoas, mostre-me como isso ocorre."

Cristão: "Eu o farei de bom grado...

A princípio, as pessoas afastam seus pensamentos, todos aqueles que lhes são possíveis, da lembrança de Deus, da morte e do Juízo vindouro. Depois, aos poucos, rejeitam seus deveres particulares, como as orações pessoais, a repressão dos desejos sensuais, a vigilância, o arrependimento pelos pecados e outros atos semelhantes. Então, evitam a companhia de cristãos fervorosos. Depois disso, passam a ser indiferentes quanto aos deveres públicos, como as audiências, as leituras, as palestras e conferências de caráter religioso e coisas semelhantes. Na sequência, começam a descobrir defeitos em algumas pessoas devotas, e isso de forma diabólica, sob um disfarce de zelo religioso e como se percebessem certa fraqueza por parte dessas pessoas. Então, começam a se unir e se associar a homens sensuais, depravados e libertinos. Além disso, passam a proferir secretamente discursos favoráveis à sensualidade e à libertinagem, e se comprazem se puderem assistir a essas falhas morais em quaisquer pessoas tidas como honradas, o que lhes possibilita, assim, agir com mais audácia, as imitando. Depois disso, começam a cometer pecados menores de forma ostensiva e, por fim, endurecidas, mostram-se como são. Lançadas dessa maneira de novo num abismo de misérias, a menos que um milagre da Graça o impeça, perecem pela eternidade no seio de seus próprios enganos."

Vi, então, em meu sonho que, a essa altura, os peregrinos haviam ido além da terra encantada, ingressando no país de Beulah, onde o ar era muito doce e agradável. E, como o caminho a seguir atravessava essa região em linha reta, eles se permitiram ali uma recreação por algum tempo. Nesse lugar, de fato, ouviram continuamente o canto dos pássaros e, todos os dias, viram flores surgirem sobre a terra e ouviram a voz da rolinha nessa região. Nessa terra, o sol brilhava noite e dia, porque se encontrava além do Vale da Sombra da Morte e também fora do alcance do gigante Desespero; tampouco podiam avistar daquele lugar sequer o Castelo Duvidoso. Dali, podiam ver a cidade para a qual se dirigiam e, inclusive, encontraram alguns de seus habitantes, pois nessa terra as criaturas luminosas costumavam caminhar, pois se localizava nas fronteiras do Céu. Também nessa terra fora renovado o contrato entre a noiva e o noivo; sim, ali, como o noivo se alegra com a noiva, também o seu Deus se alegra com eles. Ali não necessitavam de trigo nem de vinho, pois, nesse lugar, encontraram em abundância o que haviam procurado em toda a sua peregrinação. Ali ouviram vozes que provinham de fora da cidade, vozes altas que diziam "Dizei vós à filha de Sion: contempla tua salvação que vem, contempla, sua recompensa está com ele!". Ali, todos os habitantes do país chamavam-nos de pessoas santas, redimidos do Senhor, procurados, etc.

Ora, à medida que caminhavam por esse país, iam experimentando mais alegria do que em partes mais remotas do reino às quais haviam sido destinados; e, se aproximando da cidade, dela obtiveram uma visão ainda mais perfeita. Era construída com madrepérolas e pedras preciosas, e suas ruas eram pavimentadas com ouro, de modo que, em virtude da glória natural da cidade e do reflexo dos raios solares sobre ela, Cristão, tomado pelo desejo de nela ingressar, caiu enfermo, e Esperançoso também foi acometido de um ou dois acessos da mesma enfermidade. Por isso, ali ficaram prostrados por algum tempo, se lamuriando por causa das dores agudas daquela aflição: "Se virem meu muito amado, digam-lhe que estou doente de amor...".

No entanto, tendo recuperado consideravelmente suas forças, e mais capacitados a suportar a enfermidade, prosseguiram em seu caminho, aproximando-se cada vez mais, num ponto em que havia pomares, vinhedos e jardins, e seus portões se abriam para a estrada principal. Então, ao chegarem a esse lugar, eis que toparam em seu caminho com o jardineiro, ao qual os peregrinos perguntaram a quem pertenciam os belos vinhedos e os majestosos jardins. Ele respondeu dizendo que pertenciam ao rei e que tinham sido ali plantados para proporcionar prazer ao próprio rei e para proporcionar conforto e recreação aos peregrinos. E, assim, o jardineiro os conduziu aos vinhedos e lhes recomendou que restaurassem suas forças comendo aquelas frutas delicadas. Também lhes mostrou os lugares onde o rei passeava habitualmente e os caramanchões sob os quais ele adorava ficar. E ali eles permaneceram e dormiram.

E percebi em meu sonho que conversavam mais em seu sono nessa ocasião do que o tinham feito em toda a sua jornada, e vendo que eu estava a cismar com isso, o jardineiro dirigiu-se a mim: "Por que isso o leva a cismar? É uma propriedade natural da uva desses vinhedos descer tão suavemente a ponto de fazer os lábios daqueles que dormem produzir a fala...".

Vi então que, quando despertaram, se dispuseram a dirigir-se à cidade. Porém, como eu disse, os reflexos dos raios do Sol sobre a cidade, pois esta era de ouro puro, eram tão extremamente intensos e brilhantes que eles não podiam ainda contemplá-la com os olhos desprotegidos, mas apenas através de um *instrumento* feito para essa finalidade. Assim, pude ver que, conforme prosseguiram, toparam com dois homens, os quais vestiam trajes que brilhavam como ouro, e seus rostos emitiam luz.

Esses homens perguntaram aos peregrinos de onde eles vinham e, assim, foram esclarecidos por eles. Também perguntaram onde eles tinham se alojado e quais dificuldades e perigos e quais consolos e prazeres tinham encontrado no caminho. E os peregrinos narraram a eles brevemente o que haviam passado. Então, um dos homens disse: "Restam somente mais duas dificuldades a serem enfrentadas. Depois disso, chegarão à cidade!".

Cristão e seu companheiro pediram, então, a eles que os acompanhassem, ao que assentiram, mas acrescentando: "Deverão, porém, enfrentar e superar tais dificuldades por intermédio de sua própria fé."

Vi então em meu sonho que prosseguiram juntos até avistar o portão.

O que pude também ver é que entre eles e o portão havia um rio, embora não houvesse nenhuma ponte para transpô-lo. Além disso, o rio era muito profundo. Por consequência, ao contemplarem aquele rio, os peregrinos ficaram assustados. Todavia, um dos homens que estavam em sua companhia disse: "Vocês têm de atravessar ou não poderão alcançar o portão!".

Os peregrinos, então, perguntaram a eles se não havia um outro caminho que desse acesso ao portão, ao que responderam afirmativamente, mas com o seguinte esclarecimento: "Não houve ninguém, exceto duas pessoas, isto é, Enoque e Elias, que receberam permissão de trilhar tal caminho, isso desde a criação do mundo, e assim será até que a última trombeta soe!". Diante disso, os peregrinos, especialmente Cristão, começaram a perder o ânimo, a lançar olhares ao redor em busca de um caminho; mas não puderam encontrar nenhum que lhes permitisse escapar do rio. Perguntaram então aos homens se as águas do rio tinham uma profundidade uniforme em todos os seus pontos, ao que responderam negativamente. Na verdade, não podiam ajudá-los nesse sentido e o justificaram: "Vocês as acharão mais profundas ou mais rasas na mesma medida de vossa crença no rei deste lugar!".

Então, eles penetraram nas águas do rio. Ao entrar, Cristão começou a afundar e, embora gritasse dirigindo-se ao seu bom amigo Esperançoso, conseguiu dizer: "Estou afundando em águas profundas, os vagalhões estão acima de minha cabeça e suas ondas me cobrem, Selah!".

Esperançoso se manifestou: "Anime-se, meu irmão, meus pés tocam o fundo do rio, e isso é bom!". Foi a vez de Cristão dizer: "Ah, meu amigo, as aflições da morte me cercaram, e não verei a terra onde fluem o leite e o mel!".

Depois de dizer isso, Cristão foi tomado por trevas e um horror imenso que o impossibilitaram de enxergar adiante; além disso, naqueles instantes, ele perdeu quase por completo a noção dos sentimentos que experimentara, de forma que era incapaz tanto de recordar-se quanto de expressar de forma ordenada o que sentia em relação aos doces momentos de repouso que fruíra durante a sua peregrinação. Todas as palavras que conseguia pronunciar revelavam que sua mente estava tomada pelo horror e que seu coração abrigava temores de que morreria naquele rio e de que jamais passaria por aquele portão; e, também, como perceberam aqueles que estavam ao seu lado, ele ficara perturbado ao pensar nos pecados que cometera, tanto desde que se tornara um peregrino quanto antes. Pôde-se observar, inclusive, que a aparição de duendes e espíritos malignos também o transtornava, pois, de vez em quando, isso lhe era indicado por palavras.

Portanto, Esperançoso teve de despender um grande esforço para manter a cabeça de seu irmão acima da água; de fato, por vezes, ele afundava completamente para, depois de algum tempo, vir à superfície de novo meio morto. Além disso, Esperançoso esforçava-se para confortá-lo. Em certo momento, ele disse: "Irmão, estou vendo o portão e homens junto a ele para nos receber!". Porém, Cristão lhe respondeu: "Para recebê-lo, é você que esperam, você tem sido, conforme seu próprio nome, esperançoso desde que lhe conheço!". "Você também", disse Esperançoso a Cristão.

"Ah, irmão", disse Cristão, "se eu tivesse sido correto, Ele agora surgiria para amparar-me. Mas, por causa de meus pecados, conduziu-me a esta armadilha e me abandonou!". Ao ouvir isso, Esperançoso replicou: "Meu irmão, você se esqueceu totalmente do texto em que é dito com referência aos perversos 'Não há nenhuma faixa de conexão em suas mortes, mas a vontade deles é firme; não são perturbados como outros homens, nem são eles contaminados como outros homens!'. Estas perturbações e angústias de que padece nestas águas não indicam que Deus o abandonou, mas são enviadas para colocá-lo à prova com o propósito de que se lembre daquilo que já recebeu da bondade de Deus, e para que, em meio às suas angústias, você siga confiando nele!".

Vi nesse momento em meu sonho que Cristão ficou pensativo por alguns instantes e que, então, Esperançoso lhe disse as seguintes palavras: "Anime-se, que Jesus Cristo o mantém incólume!". Ao ouvir isso, Cristão exclamou, elevando a voz: "Oh, eu o vejo de novo! E ele me diz 'Quando atravessares as águas, estarei contigo, e através dos rios elas não o afogarão!'". Assim, os dois se sentiram encorajados, e o inimigo, depois disso, imobilizou-se como uma pedra, e então eles atingiram a superfície. Cristão logo encontrou o leito do rio onde firmar os pés, e aconteceu de o restante do rio ser raso, por meio do qual conseguiram caminhar.

Então, avistaram, às margens do rio, do outro lado, de novo, os homens luminosos, que ali os aguardavam. Assim, quando Cristão e Esperançoso saíram do rio, eles os saudaram e disseram: "Somos ministros espirituais enviados para atender os que serão os herdeiros da salvação!". Depois, os acompanharam em direção ao portão. Ora, é preciso observar que a cidade era situada numa elevada montanha; no entanto, os peregrinos subiram aquela montanha com facilidade, porque contavam com aqueles dois homens que os conduziam, amparados por seus braços; além disso, Cristão e Esperançoso tinham deixado suas vestes mortais para trás, pois, embora tenham entrado no rio com elas, dele saíram sem elas. Assim, faziam aquela escalada com muita agilidade e rapidez, embora a fundação sobre a qual a cidade fora construída fosse mais alta que as nuvens. Portanto, subiam em meio a uma região arejada, conversando suavemente à medida que se moviam, sentindo-se consolados porque haviam transposto o rio e porque contavam com aqueles companheiros gloriosos, prontos para atendê-los.

A conversa que tinham com os homens luminosos girava em torno da glória daquele lugar; eles disseram que era impossível expressar em palavras a beleza e a glória do lugar. Ali, conforme informaram, se encontrava o Monte Sion, a Jerusalém celestial, a companhia inumerável dos anjos e os espíritos dos justos tornados perfeitos. "Estão indo agora", disseram, "para o paraíso de Deus, no qual verão a Árvore da Vida e comerão seus frutos que jamais murcham; e, quando ali chegarem, receberão mantos brancos, e por todos os dias irão passear e conversar com o rei, por todos os dias da eternidade. Neste lugar, não verão mais aquelas coisas que viram quando estavam na região inferior sobre a Terra, como tristeza, doença, aflição e morte, pois as coisas antigas desapareceram. Estão agora a caminho de onde se encontram Abraão, Isaque, Jacó e os profetas, homens que Deus afastou do mal vindouro e que agora repousam em seus leitos, cada um deles caminhando em sua retidão!".

Cristão e Esperançoso ainda tinham dúvidas, então, um deles perguntou: "O que deveremos fazer no lugar santo?". E a resposta foi: "Deverão receber a consolação por todo o vosso árduo esforço e gozar de alegria em virtude de todas as suas tristezas. Deverão colher o que semearam, inclusive os frutos de todas as suas preces e das lágrimas e dos sofrimentos que suportaram pelo rei ao longo do caminho. Neste lugar, deverão ser coroados de ouro e usufruir da visão perpétua e das visões do Santo, pois lá o verão como Ele é. Lá, também servirão a Ele continuamente, mediante o louvor, a aclamação e os agradecimentos, a Ele a quem desejam servir no mundo, ainda que com muita dificuldade, em razão da debilidade de sua carne. Lá, seus olhos se deliciarão ao ver, e seus ouvidos, ao ouvir a voz agradável do Todo-Poderoso. Lá, gozarão de novo da presença de seus amigos, daqueles que para lá rumaram antes, e lá receberão com júbilos até mesmo aqueles que seguirem para o local santo depois. Lá, inclusive, serão trajados de glória e majestade e equipados de forma adequada para cavalgar com o Rei da Glória. À chegada Dele, ao som da trombeta nas nuvens, como nas asas do vento, chegarão com Ele, e quando Ele se sentar no trono do Juízo, sentar-se-ão ao lado dele. Sim... E quando Ele sentenciar todos os operadores da iniquidade, sejam estes anjos ou homens, também terão uma voz nesse Juízo, porque eles foram inimigos Dele e seus. Além disso, por ocasião de Sua volta à cidade, também voltarão, ao som da trombeta, e estarão sempre com Ele!".

Ao se aproximarem do portão, avistaram um grupo que fazia parte do exército celeste vindo ao seu encontro. A esse grupo, os dois homens luminosos que os acompanhavam comunicaram o seguinte: "Estes são os homens que amaram o nosso Senhor quando estavam no mundo e que tudo abandonaram pelo seu sagrado nome, e Ele nos enviou para servir-lhes de condutores. Assim, os trouxemos até aqui na sua almejada jornada. Que lhes seja permitido entrar e contemplar com alegria o rosto de seu redentor!". Então, os membros do exército celeste bradaram: "Abençoados sejam aqueles que são chamados para a ceia matrimonial do cordeiro!".

A essa altura, também surgiram, vindo ao seu encontro, muitos dos trompetistas do rei, envergando trajes alvos e resplandecentes; produziam altos sons melodiosos que ecoavam nos próprios Céus. Esses trompetistas saudavam Cristão e seu companheiro repetindo milhares de vezes: "Sejam bem-vindos os que vieram do mundo!". Alternavam a aclamação e o som das trombetas.

Na sequência, eles os circundaram por todos os lados; alguns se puseram à frente deles, outros, atrás; alguns à sua direita e outros à sua esquerda, como se lhes fossem servir de guarda em meio às regiões superiores. Enquanto caminhavam, prosseguiam emitindo sons melodiosos dotados de notas musicais elevadas. Resultado: a mera visão daquilo para os que podiam contemplá-lo era como se o próprio Céu descesse para encontrá-los. Assim, caminhavam juntos e, conforme o faziam, vez ou outra, esses trompetistas, conservando o som jubiloso e associando sua música a olhares e gestos, prosseguiam indicando a Cristão e ao seu companheiro quão bem-vindos eram àquele grupo do exército celeste e com que contentamento tinham vindo ao seu encontro.

E, então, os dois peregrinos se encontravam quase no Céu antes mesmo de alcançá-lo, absortos pela visão dos anjos e pela audição de suas notas melodiosas. Ali, estava disponível para eles, inclusive, a visão da própria cidade, e conseguiam escutar todos os seus sinos a tocar para lhes dar boas-vindas, mas, sobretudo, os pensamentos calorosos e jubilosos que alimentavam na expectativa de sua morada ali, gozando de tal companhia, e isso para todo o sempre. Oh! Que língua ou pena seria capaz de expressar essa gloriosa alegria?

Assim, alcançaram o portão.

E, diante do portão, puderam ler a inscrição em caracteres de ouro: "Abençoados aqueles que cumprem Seus mandamentos, pois poderão ter o direito à Árvore da Vida e poderão ingressar na cidade através de seus portões.".

Vi, então, em meu sonho que os homens luminosos os instruíram a emitir um chamado junto ao portão. E, então, eles perceberam que alguns acima do portão olhavam, isto é, Enoque, Moisés, Elias e outros, aos quais foi comunicado: "Estes peregrinos vieram da Cidade da Destruição em virtude do amor que dedicam ao rei deste lugar!".

Então, os peregrinos apresentaram, cada um deles, seus certificados, aqueles que haviam recebido no princípio. Os certificados foram, assim, levados ao rei, que, ao lê-los, disse: "Onde estão os homens?". Responderam-lhe que se encontravam lá fora, diante do portão. O rei lhes ordenou que abrissem o portão. "Que a gente justa", disse ele, "que mantém a verdade, possa entrar".

Nesse momento, vi em meu sonho que aqueles dois homens passaram pelo portão e que, depois que entraram, foram transformados, além de serem trajados com roupas que brilhavam como ouro. Surgiram também algumas outras pessoas que vieram ao seu encontro e lhes entregaram harpas e coroas — as harpas para que entoassem louvores e as coroas em sinal de honra. Ouvi, então, em meu sonho que todos os sinos da cidade voltaram a tocar festivamente e que a Cristão e Esperançoso foi dito: "Penetrai na alegria de vosso Senhor!". Ouvi também os próprios homens, que cantaram em voz alta: "Que a bênção, a honra, a glória e o poder estejam com aquele que senta no trono e com o Cordeiro por todo o sempre!".

E, precisamente quando os portões foram abertos para o ingresso dos homens, olhei atrás deles e vi que a cidade reluzia como o Sol, que as ruas eram pavimentadas de ouro e que, por elas, muitos homens caminhavam com coroas em suas cabeças e palmas em suas mãos e carregavam harpas douradas para entoar louvores.

Havia também entre eles alguns seres alados, que se comunicavam entre si sem interrupção, dizendo: "Santo, santo é o Senhor!". Depois disso, fecharam os portões, e, ao contemplá-lo, desejei estar entre aqueles admitidos.

Ora, enquanto olhava atentamente para todas essas coisas, virei a cabeça por um instante, com o intuito de olhar o que ocorria atrás de mim, e avistei Ignorância, que chegava às margens do rio. Ele não demorou a atravessá-lo, e não passou nem por metade da dificuldade que passaram Cristão e Esperançoso. Isso porque, naquele momento, estava por ali um tal de Vã Esperança, um barqueiro que, com seu barco, o ajudou. Assim, ele, bem como outros, realmente escalou a montanha a fim de atingir o portão, mas chegou sozinho. Ninguém fora encontrá-lo para transmitir-lhe o menor encorajamento. Ao alcançar o portão, observou a inscrição nele e, então, começou a bater, supondo que lhe seria rapidamente dada a permissão para entrar. No entanto, os homens que observavam do alto do portão lhe perguntaram: "De onde vens? E o que queres?". Ele respondeu: "Comi e bebi na presença do rei, e ele ensinou em nossas ruas!". Então, lhe solicitaram seu certificado, para que eles pudessem entrar e exibi-lo ao rei. Ele apalpou o peito em busca de um certificado, mas não achou nenhum. Portanto, os homens fizeram mais uma pergunta: "Não tens nenhum certificado?". A essa pergunta, Ignorância jamais respondeu; ficou em silêncio. Isso foi transmitido ao rei, que não quis descer para vê-lo; pelo contrário, ordenou aos dois homens luminosos, que tinham conduzido Cristão e Esperançoso à cidade, que se dirigissem ao portão, agarrassem Ignorância, o amarrassem pelas mãos e pelos pés e o levassem embora. Então, eles foram e o ergueram e o transportaram pelo ar até a porta que observei ao lado da montanha, e ali o instalaram. Depois, vi que havia uma senda para o Inferno tanto partindo dos portões do Céu quanto partindo da Cidade da Destruição. Foi quando abri os olhos e percebi que estava sonhando.

FIM

A CONCLUSÃO

Agora, leitor, que a ti meu sonho narrei,
vês se podes interpretá-lo para mim,
ou para ti, ou teu vizinho, mas cuida
de não o interpretar mal, pois isso, em vez
de ser benéfico, somente a ti prejudicará:
da má interpretação o mal resulta.
Cuida também para a extremos não chegares,
com a exterioridade de meu sonho brincares;
nem permitas que minhas imagens, ou analogias,
ao riso ou à hostilidade exponham a ti.
Para meninos e tolos, tal coisa reserves, enquanto para ti
a substância de meu assunto cabe ver.
Puxa as cortinas de lado, meu véu penetra.
Desvenda minhas metáforas e não deixa aí,
se as investigas, de coisas descobrir,
que serão úteis a uma mente honesta.
O que de minha escória aí encontres, corajoso sejas,
para fora lançares, ainda que o ouro preserves.
E se meu ouro de minério revestido estiver?
Ninguém arremessa a maçã ao longe por causa do caroço.
Porém, se jogares tudo fora como se fosse vão,
não sei, mas me fará novamente sonhar.

Deus nos deu você

A história de uma ursinha-polar que tem uma dúvida comum a muitas crianças: "De onde eu vim?".

Neste livro, a mãe, ao responder essa pergunta universal, transmite a mensagem que todos os pais e as mães querem que os filhos ouçam: "Somos muito felizes porque Deus nos deu você!".

Singela, cativante e lindamente ilustrada, esta é uma história perfeita para a hora de dormir ou para qualquer outro momento. Com milhões de exemplares vendidos no mundo inteiro, este livro é uma ótima ferramenta para fortalecer a autoestima das crianças, assegurando a cada uma delas que são bem-vindas, preciosas e amadas — verdadeiros presentes de Deus.

Obra integrante da

Este livro foi impresso pela Plena Print
em fonte Minion Pro sobre papel Ivory Bulk LD 58 g/m²
para a Edipro no outono de 2025.